DESTINY'S A WITCH

Édition française

A WICKED GOOD MYSTERY

LUCY MAY

DÉVOUEMENT

« C'est souvent sur le chemin pris pour l'éviter que l'homme rencontre son destin. » -Jean de la Fontaine

CHAPITRE UN

Moira Wicked

Me frayant un chemin parmi la foule qui encombrait le trottoir, j'ai failli trébucher en poussant la porte de Potions & Cadeaux Persnickety. À mon grand agacement, la boutique était remplie de clients, tous complètement charmés par ce petit endroit mignon. Avec un lever d'yeux au ciel, je me suis faufilée à travers la foule jusqu'au comptoir. La personne que j'étais venue voir — ma tante Lea — se tenait près du comptoir, débitant des fadaises à une cliente.

Tante Lea avait toujours eu la même allure aussi loin que je me souvienne. Ses cheveux argentés étaient torsadés en un chignon élégamment décoiffé au sommet de sa tête, maintenu par des baguettes d'un rouge vif. Elle portait une jupe rouge fluide qui tourbillonnait autour de ses chevilles, assortie à un chemisier blanc ajusté et des bottines noires à petits talons. Des boucles d'oreilles en argent pendantes et une multitude de bracelets argentés complétaient son look — celui d'une belle femme élégante d'un certain âge avec une vibration hippie.

— Eh bien, ma chère, ce remède aidera absolument votre peau. Tamponnez-en simplement derrière vos oreilles et saupoudrez-en dans votre bain, dit tante Lea, secouant légèrement le petit flacon, ses yeux verts pétillant de son sourire chaleureux.

La cliente en question portait un jean slim et des bottes d'équitation avec un chemisier ajusté et une veste en cuir noir. Son énorme bague en diamant trahissait sans équivoque qu'elle avait largement les moyens. Elle était si grande que je craignais que son doigt ne s'affaisse sous le poids.

Je supposais que cette aimable cliente était venue dans le Maine pour le week-end depuis le Massachusetts, le Connecticut ou New York. Elle travaillait probablement dans la mode ou la finance et gagnait des montagnes d'argent, ou mieux encore, elle avait épousé quelqu'un qui dirigeait une société d'investissement peu éthique et consacrait son temps à des causes caritatives socialement acceptables dans une vaine tentative de rééquilibrer son karma. Elle était complètement absorbée par le bavardage de tante Lea, qui continuait encore et encore, soit dit en passant.

Je devais reconnaître à tante Lea qu'elle pouvait repérer une proie à un kilomètre et vendre de la m*rde de cheval si elle le voulait. En quelques minutes, elle avait vendu non seulement la potion magique, mais aussi plusieurs autres articles de sa section « Beauté & Guérison ». Si vous vous demandez ce que c'était, il s'agissait de lotions, crèmes et autres produits, tous imprégnés de pouvoirs magiques de guérison. Autant j'aurais aimé te dire que c'était des conneries, mais ce n'était pas le cas.

Je m'égare. Dès que tante Lea eut donné une chaleureuse accolade à sa cliente et l'eut saluée, je me précipitai derrière le comptoir, attrapant son coude et la faisant passer à travers les portes battantes vers la réserve.

— Moira ! Que fais-tu ici, ma chérie ? s'exclama tante Lea, m'enveloppant dans une étreinte chaleureuse parfumée au romarin.

Je reculai et lui lançai mon regard le plus noir. J'adorais tante Lea. J'aimais toute ma famille, mais parfois ils me rendaient folle.

— Tu as vendu un philtre d'amour à Brian et n'essaie même pas de me dire le contraire.

— Oh là là, comment pourrais-tu penser... ? commença tante Lea, mais je n'avais aucune patience pour ses faux-fuyants.

— Ne commence même pas avec moi. J'aurais dû savoir que tu préparerais un coup comme ça après que je me suis plainte de sa fiancée. Soyons clairs, je ne me plaignais pas parce que j'étais jalouse, mais parce qu'elle est insupportable au bureau.

Tante Lea sourit sournoisement, abandonnant complètement sa tentative de professer l'ignorance.

— Exactement. Je voulais juste la remettre à sa place. Tu m'as dit quel cauchemar elle était et puis il l'a amenée ici. Oh mon Dieu, fit-elle en s'éventant d'une fausse détresse après avoir rencontré la fiancée de mon patron. Elle était horrible. Il me remerciera un jour.

Pivotant, je pris une profonde inspiration et l'expirai lentement, comptant jusqu'à dix pendant que j'y étais. En me retournant, j'observai tante Lea, sachant qu'elle était bien intentionnée, mais qu'elle réfléchissait rarement, voire jamais, aux conséquences de ses actes. Les implications étaient d'autant plus importantes qu'elle était une sorcière, très puissante d'ailleurs.

— Bien. Je suis sûre qu'il sera reconnaissant de ne pas l'épouser, mais tu as jeté le sort et maintenant il me fait les yeux doux. À moi ! C'est un problème d'une ampleur considérable, sans compter que je ne veux PAS m'impliquer avec Brian Spencer. C'est mon patron, et nous n'avons absolument rien en commun. S'il te plaît, arrange ça. Comme hier si possible.

— Ma chérie, je ne peux pas remonter le temps, dit tante Lea, ses sourcils se haussant comme si elle pensait vraiment que c'était ce que je suggérais.

— Oh mon Dieu ! Je sais que tu ne peux pas. Juste... arrange ça. Défais le sort ou quelque chose. Fais-le tomber amoureux de quelqu'un d'autre.

Autant j'aurais aimé régler ça moi-même, si tante Lea avait participé au sort qu'elle avait jeté, je n'avais pas assez de pouvoir pour le contrer. Peut-être dans quelques décennies j'y arriverais, mais elle était dans une catégorie à part.

Tante Lea tapotait son index contre sa joue, son ongle rouge verni captant la lumière d'au-dessus. Après un moment, elle s'éloigna rapidement, traversant un rideau de perles. C'est vrai, pour couronner le tout, Potions & Cadeaux Persnickety avait un rideau de perles dans l'arrière-boutique. Il aurait été difficile de rendre cet endroit plus kitch.

CHAPITRE DEUX

Je laisse mon regard vagabonder, observant l'arrière-boutique bondée du magasin bien-aimé de Tante Lea. Les murs sont tapissés d'étagères, chaque centimètre d'espace rempli de flacons de potions, de crèmes et bien plus encore, ainsi que d'œuvres d'art et de bijoux coûteux. La boutique appartient à ma famille depuis, oh, quelques centaines d'années. C'est Tante Lea qui la gère actuellement, mais nous y avons tous mis notre grain de sel à un moment ou un autre. Je prends une profonde inspiration, savourant le parfum d'herbes et de fleurs qui imprègne l'espace. Les bruits provenant de l'avant du magasin parviennent jusqu'ici. Tante Lea a embauché deux de mes jeunes cousins pour travailler ici ce printemps, comme je l'avais fait pendant tout mon lycée.

Mon esprit revient à hier après-midi, quand mon patron, que je déteste soit dit en passant, est entré dans mon bureau avec des fleurs. Des fleurs ! Il semblait avoir complètement oublié qu'il était fiancé à Kristy Ross, une autre conseillère en investissement du bureau. Quant à savoir pourquoi je travaille dans les investissements, eh bien, c'est une autre histoire.

Quoi qu'il en soit, j'étais consternée. J'essayais de trouver le meilleur moyen de démissionner sans énerver Brian et ruiner mes chances d'obtenir une bonne recommandation de sa part. Parce que, eh bien, je détestais mon travail et j'avais besoin de changer.

Ce n'était pas une nouvelle pour ma famille, car ma mère me harcelait constamment pour que je revienne vivre à Charm Cove. Une ville pouvait-elle être plus mignonne avec un nom pareil ? *Difficile à dire sans connaître*, comme répondraient les habitants du coin.

Enfin bref, j'avais appelé il y a deux semaines pour prévenir les différents membres de ma famille que mon patron et sa fiancée seraient en ville pour une visite. En soi, ce n'était pas inhabituel. Des touristes de tout le Nord-Est et du monde entier affluent sur la côte du Maine. L'État a deux devises : *Le Maine, comme la vie devrait être* et *Terre de vacances*. Il y a beaucoup de charmantes villes côtières dans le Maine, mais Charm Cove occupe une place spéciale car les habitants y chouchoutent les touristes comme des fous.

Il y a aussi le fait que la ville a été fondée par deux familles de sorcières il y a quelques siècles. Dire que les habitants d'ici ont un don pour charmer les touristes est un euphémisme ridicule. Ma famille gagne des tonnes et des tonnes d'argent grâce à eux.

Donc mon patron voulait visiter. Rien d'anormal. Je lui ai gracieusement donné quelques suggestions sur où séjourner, les meilleurs restaurants et boutiques, et lui ai souhaité de bonnes vacances avec sa fiancée acariâtre. Sachant que j'étais malheureuse dans mon travail, je suppose que Tante Lea a jeté un coup d'œil à sa fiancée et a décidé d'utiliser ses pouvoirs pour le bien. Elle prétend que c'est la seule raison pour laquelle elle utilise ses pouvoirs. Mon œil.

Dès que Brian s'est présenté avec des fleurs, j'ai su qu'elle avait fait quelque chose. Pire encore, quand je suis passée à son bureau pour lui remettre un rapport, j'ai aperçu l'étiquette distinctive de Persnickety Potions & Gifts sur une bouteille posée sur son bureau. Mon patron banquier d'investissement coincé et snob — qui avait un bâton tellement enfoncé dans le c** que je n'étais pas sûre qu'on puisse l'enlever — avait une bouteille de remède New Age. Dès que j'ai vu ça, j'ai compris ce qui se passait. Tante Lea lui avait jeté un sort d'amour qui, malheureusement, m'avait prise dans sa toile. Que Dieu me vienne en aide.

Tante Lea revint en hâte, le rideau de perles tintant doucement lorsqu'elle le traversa.

— OK, voilà. J'ai inversé le sort, mais tu dois mettre ça dans son bureau.

La regardant fixement, je secouai lentement la tête.

— Tu vas régler ça toi-même. Je sais que tu peux gérer ça à distance, alors n'essaie pas de m'entraîner là-dedans, dis-je, adoptant mon ton le plus ferme.

Tante Lea pencha la tête sur le côté et roula des yeux.

— Très bien. Promets-moi de revenir vivre ici, et je m'en occupe tout de suite, dit-elle en claquant des doigts.

C'était un point de discorde avec tous les membres de ma famille depuis que j'avais quitté Charm Cove quelques années auparavant. Il y avait beaucoup de choses que j'aimais dans ma ville natale, mais j'avais besoin de prendre du recul, et je n'appréciais pas la pression pour y retourner. Je voulais prendre cette décision par moi-même.

Nous nous sommes défiées du regard jusqu'à ce qu'elle soupire et pose une main sur sa hanche.

— Je ne voulais pas qu'il tombe amoureux de toi. Je n'ai pas rendu le sort spécifique, juste pour la première femme qu'il verrait après que l'effet se produise. Je suppose que c'était toi.

— Je suppose, dis-je, incapable de retenir mon rire. Aussi agacée que je puisse être par ses manigances, tout cela était tellement ridicule.

Tante Lea afficha un sourire malicieux puis me fit signe de sortir.

— Tu restes pour le week-end ? demanda-t-elle en m'escortant jusqu'au trottoir bondé.

— Bien sûr. Je me dirige maintenant chez Maman.

Tante Lea m'étreignit à nouveau et me renvoya d'un geste de la main.

J'avais fait à peine dix pas quand j'entendis mon nom.

— Moira Wicked !

Si j'ai oublié de le mentionner, les deux familles qui ont fondé Charm Cove il y a quelques siècles étaient les Wicked et les Good. J'étais une Wicked. L'homme qui appelait mon nom ? Liam Good.

CHAPITRE TROIS

À Charm Cove, les Wicked et les Good se livraient une guerre familiale depuis des siècles. Les hostilités étaient devenues bien plus courtoises durant le dernier siècle, étant donné que nous devions garder nos pratiques de sorcellerie secrètes. La récente popularité de tout ce qui touchait au spirituel nous avait facilité la vie, mais cela nous permettait surtout d'escroquer plus facilement les touristes sans méfiance. Je supposais que notre seule consolation était qu'au moins, ce que nous leur vendions fonctionnait réellement. La preuve en était le sort d'amour qu'Tante Lea avait jeté sur mon patron.

À cet instant, Liam Good m'appelait par mon nom, et je cherchais désespérément un endroit où me cacher. D'un mouvement du poignet, je créai un nuage de fumée et m'y évanouis, me téléportant vers les toilettes les plus proches. Merde. Petit problème : j'atterris dans les toilettes à l'arrière de Persnickety Potions & Gifts.

Mes pouvoirs étaient un peu rouillés car j'avais essayé de mener une vie *normale*. Laisse-moi te dire qu'il était difficile d'être normale quand ton prénom signifiait *destinée*, que ton nom de famille était Wicked, et que tu venais *effectivement* d'une famille légendaire pour ses pratiques de sorcellerie.

Avec un soupir, je me détournai de la porte familière des toilettes et fis le point. Écartant quelques mèches rebelles de mes cheveux presque noirs de mes yeux, je me rinçai les mains dans le lavabo et m'observai. Des yeux verts et une peau plutôt pâle me fixaient en retour. Mes joues étaient rouges, probablement à cause de l'anxiété à l'idée de croiser Liam. Avec un peu d'eau sur mon visage, je me rafraîchis. Je supposai que l'avantage était que je pouvais sortir d'ici sans avoir à expliquer comment j'étais arrivée là. C'est exactement ce que je fis.

Quand Tante Lea haussa un sourcil en me voyant apparaître, je m'arrêtai près d'elle derrière le comptoir. — Liam Good m'a vue. Pas d'humeur, alors... enfin, tu sais, expliquai-je à voix basse.

Tante Lea hocha la tête d'un air entendu. Je n'avais pas besoin d'expliquer que je m'étais téléportée dans les toilettes du fond. Pas d'inquiétude à avoir. Créer une fumée que personne d'autre ne pouvait voir, à moins d'être sorcier, était tout à fait normal à Charm Cove.

Je sortis de la boutique, espérant que Liam avait compris le message. Pas de chance. Il était adossé au poteau de granit au coin de la rue, inconveniently situé près de ma petite voiture rouge. Je mourais d'envie de disparaître à nouveau, mais je savais que ça ne me servirait à rien.

Liam Good était mon ex-petit ami du lycée et d'une partie de la fac. Aux dernières nouvelles, il s'était marié et était heureux, et j'avais fait semblant de m'en moquer.

Liam Good était en grande partie la raison pour laquelle j'avais quitté Charm Cove et pourquoi je m'étais promis de tourner le dos à mes pouvoirs. Il avait suffi d'une seule rencontre rapprochée avec lui pour que ma résolution de ne pas utiliser mes pouvoirs parte en fumée. Soupir.

Je réussis à afficher un sourire crispé, faisant tout mon possible pour ne pas remarquer qu'il était toujours aussi séduisant. Des cheveux noirs comme la nuit, des yeux bleu glacier, et un visage au charme classique avec des traits sculptés et tout le tralala. Que Dieu me vienne en aide. La vie n'était pas juste.

— Salut, Liam, comment vas-tu ? demandai-je poliment.

Les bras croisés, toujours appuyé contre ce poteau de granit avec le joyeux panneau de rue annonçant Charming Way, Liam haussa un sourcil. — Je pensais que tu en avais fini avec ces trucs, dit-il en guise de salutation.

Merde. Peu importe. Haussant nonchalamment les épaules, je dis : — Je ne sais pas ce que tu as entendu, mais je suis une Wicked. Je ne peux pas vraiment tourner le dos à qui je suis. Je mentais peut-être effrontément, mais ce n'était pas ses affaires.

Son regard me parcourut. J'avais envie de bondir dans ma voiture et de m'éloigner, mais il se trouvait justement devant la portière. — J'étais en fait content de te voir. Je...

Quoi que Liam était sur le point de dire fut interrompu par un cri. Nos têtes pivotèrent à l'unisson vers la direction du cri. Charming Way était l'équivalent de la rue principale de Charm Cove et se trouvait en plein centre-ville. Comme dans de nombreuses villes de la Nouvelle-Angleterre, Charm Cove avait une place centrale classique. À Charm Cove, elle consistait en une grande pelouse verte, entourée d'une clôture en fer forgé complexe avec des allées en ardoise qui traversaient la place et des massifs d'arbustes et de fleurs ici et là.

À une extrémité de la place se trouvait un immense abreuvoir pour chevaux taillé dans du marbre. Il était magnifique et ancien. Inutile de dire qu'il n'était plus utilisé comme véritable abreuvoir pour chevaux, bien que je supposais que si quelqu'un se promenait à cheval dans la ville, il serait parfaitement normal de s'y arrêter pour que le cheval puisse boire. À toutes fins pratiques, c'était maintenant une fontaine décorative.

Avant que je ne m'en rende compte, Liam marchait rapidement vers la fontaine et je me précipitais derrière lui. Nous atteignîmes le groupe de personnes rassemblées là. Liam se fraya facilement un chemin à travers la foule parce qu'il était ce genre d'homme. Il ne m'était jamais venu à l'esprit de me demander pourquoi je le suivais. En arrivant à l'abreuvoir, je poussai un cri étouffé.

Flottant au centre de la fontaine, il y avait un cadavre. Un frisson remonta le long de ma colonne vertébrale et fit fourmiller mes doigts.

CHAPITRE QUATRE

J'observai l'environnement utilitaire du commissariat de police de Charm Cove, constatant que c'était l'un des rares endroits de la ville qui n'avait rien de particulièrement charmant. Les murs étaient blancs, le sol carrelé de damiers noirs et blancs, et les seules décorations dignes de ce nom étaient des certificats et des licences accrochés aux murs. Assise sur une chaise en plastique dur dans la salle d'attente, j'aurais préféré être n'importe où ailleurs plutôt qu'ici à attendre avec Liam.

Après avoir découvert le cadavre flottant face contre terre dans la fontaine sur la place, tous ceux qui étaient présents lors de cette macabre découverte avaient été rassemblés et conduits au commissariat. En attendant, je ne savais pas encore quoi en penser, mais chaque cellule de mon corps me hurlait que quelque chose se tramait. Pour le moment, je jouerais la carte de la politesse, ne serait-ce que parce que cela pourrait m'aider à recueillir quelques indices. Le chef de la police locale, Daniel Levesque, menait l'enquête sur cette découverte choquante d'un corps sans vie en plein centre-ville. Daniel était bien connu dans la région. En fait, il n'avait que quelques années de plus que moi au lycée. Son père avait été chef de la police avant lui. S'il y avait une chose qui se produisait de manière fiable à Charm Cove, c'était bien les enfants suivant les traces de leurs parents.

Je supposais qu'à cet égard, j'avais de la chance. Ma mère m'avait prénommée Moira simplement parce qu'elle aimait ce prénom. Oh, et aussi parce qu'il signifiait *destin* et *destinée*. N'insistez même pas là-dessus. Ma famille étant d'origine irlandaise et française, ce prénom correspondait également à nos racines.

Charm Cove, comme beaucoup de villes de Nouvelle-Angleterre, était imprégnée d'histoire. En surface, cette histoire semblait plutôt bénigne. Mais c'était seulement si l'on ne connaissait pas grand-chose sur les fondateurs de la ville.

Mes yeux s'arrêtèrent sur une plaque près de la porte, indiquant que le commissariat avait été construit en 1702. Charm Cove s'appelait autrefois North Salem avant son incorporation. Pendant le tumulte des procès des sorcières de Salem, les résidents avaient jugé prudent de rompre tout lien avec Salem et avaient incorporé la ville sous le nom de Charm Cove. Les deux familles qui avaient fondé la ville – les Wicked et les Good – s'étaient installées ici depuis Salem suite à l'avertisse-ment d'une matriarche. L'hystérie puritaine leur donnait une bonne raison d'effacer toute connexion superficielle avec Salem.

La nouvelle voyageait sur les vents, rapportant les récits de Salem concernant les procès de sorcières et autres désagréments. Dans la charmante Charm Cove, les familles de sorciers étaient passées dans la clandestinité et avaient fait de la ville un adorable petit endroit à visi-ter. Nous avions une ravissante crique, tout à fait charmante si l'on peut dire, nichée le long du littoral rocheux du Maine. Pratiquement chaque ville le long de la côte du Maine possédait une crique, toutes aussi pittoresques les unes que les autres. Je n'aurais pas su dire si Charm Cove était plus charmante que les autres villes, mais nous avions fait un sacré bon travail pour attirer les touristes fortunés des grandes villes pendant leurs vacances.

Alors que je me perdais mentalement dans l'histoire de Charm Cove, la voix de Liam me tira de ma rêverie.

— Alors, qu'est-ce que tu fais en ville ? demanda-t-il.

Je lui jetai un coup d'œil à mes côtés, m'efforçant de ne pas réagir à sa présence. C'était tellement gênant d'avoir été follement amoureuse de lui pendant le lycée. Ce genre de souvenirs était difficile à oublier.

— Juste une visite, répondis-je de façon anodine. Je ne voulais certainement pas dire la vérité. Que pouvais-je dire ? Certainement pas que ma tante Lea, folle et curieuse, avait jeté un sort d'amour à mon patron imbécile.

Bien que Liam en aurait été amusé. Il ne penserait certainement pas que c'était fou. Tante Lea était mariée à son oncle Jacob.

Il hocha la tête, plissant les yeux lorsque quelqu'un franchit la porte de la salle d'attente du commissariat. Je suivis son regard pour voir Calvin, le frère d'Alvin, entrer. Calvin jeta un coup d'œil autour de lui puis alla immédiatement parler à la réceptionniste.

— Il se passe quelque chose, dit Liam à voix basse.

— Que veux-tu dire ? répondis-je en gardant ma voix basse également.

Nous étions dans la salle d'attente avec quatre autres personnes, toutes dispersées sur les chaises, certaines lisant des magazines et d'autres faisant défiler leur téléphone.

Liam me regarda à nouveau, haussant un sourcil. — Eh bien, voyons voir, Alvin est mort dans la fontaine et la moitié de la ville lui en voulait.

— De quoi parles-tu ?

Cette fois, ses deux sourcils se haussèrent. — J'imagine que tu ne peux pas le savoir puisque tu n'es pas souvent dans le coin. Il siégeait à la commission d'urbanisme et c'est lui qui a proposé le nouveau zonage du quartier des affaires, ce qui a fait grimper les taxes. Beaucoup de familles sont furieuses. Daniel semble avoir la même idée que moi, expliqua Liam.

Mon estomac se noua et les rouages se mirent à tourner dans mon cerveau. Génial, vraiment génial. Il était impossible de rentrer à la maison pour une visite sans qu'il ne se passe quelque chose de dingue. Même si un cadavre au milieu de la ville, ça battait tous les records. J'étais plus habituée à la magie moins mortelle de faire fleurir des fleurs et de créer le chaos avec des choses aussi bêtes que briser des sorts. La mort, c'était nouveau. On pouvait dire sans risque que ce n'était pas le cas il y a un siècle ou deux.

Quelle que soit l'expression que j'avais sur mon visage, Liam haussa un sourcil interrogateur.

Je secouai légèrement la tête, gardant ma voix basse quand je répondis. — Rien. C'est juste qu'il se passe toujours quelque chose quand je rentre à la maison. Bien que le meurtre soit définitivement au-delà de ce dont je me préoccupe habituellement. Si c'est ce qui s'est passé.

— Peut-être que c'était un accident, répondit-il doucement.

Glissant mes mains sous mes cuisses, j'acquiesçai. — Espérons-le.

En toute honnêteté, je n'avais aucune idée de pourquoi j'espérais cela. Si mon pressentiment était juste, ce n'était pas un accident.

————

— Alors, dis-moi ce que tu as vu, demanda Daniel Levesque.

— Daniel, je ne sais vraiment rien. J'étais sur le trottoir en face de la place quand j'ai entendu quelqu'un crier. J'ai suivi Liam et c'est à ce moment-là que nous avons vu Alvin dans la fontaine, répondis-je.

Daniel acquiesça, jetant un coup d'œil aux notes qu'il avait griffonnées devant lui sur son bureau. Ses cheveux étaient aussi noirs que jamais, tout comme ses yeux d'un brun profond. Une amie du lycée, Zoe Baker, avait un terrible béguin pour lui à l'époque. Il était en terminale quand nous étions en seconde. Quelque part pendant leurs études universitaires, ils avaient fini ensemble et étaient maintenant mariés.

Je restais en contact avec Zoe, généralement en lui rendant visite lors de mes passages en ville. C'était aussi une sorcière. Mais c'était un sujet pour une autre fois.

Daniel se pencha en arrière dans son fauteuil, roulant des épaules. — As-tu entendu quelqu'un de ta famille se plaindre de ces changements de taxes ?

Je retins mon soupir. Ma famille était plutôt théâtrale, mais c'était le cas de presque tout le monde à Charm Cove. C'était en partie pourquoi j'étais partie pour faire une pause. Enfin, ça et un cœur brisé à cause d'un sort impulsif et stupide qui avait mal tourné.

Je soutins le regard de Daniel et fus soulagée de pouvoir répondre en toute honnêteté. — Daniel, je ne suis pas souvent dans les parages. Si quelqu'un de ma famille est en colère au sujet des changements fiscaux, je n'ai pas été assez présente pour l'entendre. Je te le dirais si c'était le cas.

Daniel hocha lentement la tête puis soupira profondément, se penchant en avant et posant ses coudes sur son bureau. — Tu n'as pas idée du nombre de personnes qui sont, ou je devrais plutôt dire étaient, furieuses contre Alvin Pearson, offrit-il. J'espère qu'on découvrira que ce n'était qu'un accident, mais qui sait ?

Il fit une pause pour boire une gorgée de café. Après l'avoir reposé, il m'examina. — Zoe adorerait que tu reviennes t'installer à Charm Cove.

— J'y pense parfois, mais je ne sais pas quand je le ferai, fut tout ce que je pus dire. Il était impossible de visiter la maison, même brièvement, sans que quelqu'un ne fasse ce genre de commentaire. J'avais toujours prévu de revenir à un moment donné, mais pouvoir le décider par moi-même aurait été agréable.

Daniel en savait probablement plus que la plupart sur les raisons pour lesquelles j'avais quitté Charm Cove. Ne serait-ce que parce que Zoe connaissait tous les détails.

— Liam est divorcé maintenant, tu sais, ajouta Daniel.

Je ne le savais *certainement* pas. C'était un détail majeur que j'avais en quelque sorte manqué. Je n'arrivais pas à y croire, en fait. Je n'étais partie de Charm Cove que depuis quelques années. Au début, tante Lea et ma mère bien intentionnée, ainsi que la moitié de ma famille, avaient jugé bon de me tenir au courant de tout ce qui concernait Liam en permanence. Tu vois, ce n'était pas juste que j'avais eu un béguin fou de lycéenne pour lui. Nous avions continué à sortir ensemble jusqu'à l'université. Pire encore, pour des raisons que je comprenais mais qui me rendaient dingue, tout le monde dans ma famille et dans la sienne était absolument, positivement convaincu que nous étions destinés l'un à l'autre.

Fait amusant mais bizarre : alors que les Wicked et les Good étaient en conflit de diverses façons, majeures et mineures, au cours des derniers siècles, il y avait une note romantique. À chaque génération, un Wicked et un Good se mariaient. Si la légende disait vrai, ces mariages empêchaient nos familles de se sauter à la gorge. Une bonne chose, car il y avait les querelles familiales habituelles, et puis il y avait ce qui se passait quand les deux familles en question avaient toutes sortes de magie à portée de main.

Je ne pourrais pas inventer cette folie. Malgré les commentaires dans ce sens que je faisais *tout* le temps à propos de ma famille, la plupart des gens pensaient que c'était la blague habituelle sur une famille légèrement bizarre, mais surtout normale. Ils n'en avaient *aucune* idée. Faire partie de ma famille et être pris dans la toile de choses que la plupart des gens considéraient comme rien de plus qu'un élément tout droit sorti d'un conte de fées, eh bien, c'était un peu trop.

C'est pourquoi j'étais partie − pour reprendre mon souffle, pour voir si je pouvais vivre une vie *normale*. Tant pis pour ça, mais je le savais depuis un moment maintenant. J'étais arrivée à la conclusion que la normalité et moi n'étions pas faites pour être ensemble. Pas quand mes doigts me démangeaient de jeter des sorts, pas quand je devais porter des gants épais en hiver pour m'empêcher de faire tournoyer du feu dans l'air pour me réchauffer lorsque j'étais dehors, pas quand ce picotement révélateur remontait le long de ma colonne vertébrale et se répandait jusqu'à mes doigts comme de la magie liquide dans mes veines.

Regardant Daniel, j'essayai de rester cool et haussai simplement les épaules. — Je ne suis pas au courant des potins d'ici.

— Eh bien, peut-être que tu devrais, répondit-il.

Oh doux Jésus. Pour l'amour du ciel. Pourquoi tout le monde pensait-il que Liam et moi étions faits l'un pour l'autre ? Sur l'échelle de la folie, vous saviez que c'était grave quand même le chef de la police était en quelque sorte pris dans cette idée folle de destin.

CHAPITRE CINQ

Une semaine plus tard, je contemplais l'unique carton que j'emportais avec moi en quittant mon emploi à New York. Tante Lea avait tenu parole et défait le stupide sort d'amour qu'elle avait jeté sur mon patron. Enfin, permettez-moi de préciser. Elle l'avait défait temporairement, de sorte qu'il avait cessé de me faire les yeux doux. Mais elle l'avait relancé presque immédiatement, et maintenant, c'était la réceptionniste du bureau qui en faisait les frais. Que Dieu nous vienne en aide.

Janet, notre réceptionniste, était une femme stricte et formelle. En ce moment, son bureau croulait sous les fleurs. Elle semblait complètement déconcertée par les attentions de Brian. Bien que je me sente légèrement mal pour elle, j'étais infiniment soulagée qu'il ne me regarde plus avec des yeux énamourés.

Pourtant, cela ne changeait rien au fait que Kristy, la fiancée (désormais ex) de mon patron, me détestait viscéralement. Nous ne nous étions jamais entendues depuis nos débuts ensemble. Elle avait profité de la période où il était obsédé par moi pour mettre en marche les rouages qui m'avaient conduite à démissionner. Ce n'était pas la première fois qu'elle se plaignait de moi aux Ressources Humaines. Les

RH m'avaient convoquée pour discuter d'une réunion de médiation. Bien que j'aie eu le sentiment qu'ils voyaient Kristy telle qu'elle était vraiment, ils devaient manifestement suivre la procédure.

J'ai pris tout cela comme un signe. Je n'étais pas heureuse dans mon travail, et je n'étais pas heureuse loin de Charm Cove. Essayer d'être *normale* revenait à tenter de transformer un chien en chat. Mission impossible. Pas pour moi. Je ne prenais pas la décision définitive de rentrer chez moi, mais j'avais décidé de faire un essai.

Mon carton dans les bras, j'ai quitté le bureau. Depuis que j'avais lancé mon sort la semaine dernière quand j'essayais de me cacher de Liam, mes doigts me démangeaient plus que d'habitude. Quand on est une sorcière, ce n'est pas comme si on lançait des sorts à tout-va. Mais je mentirais si je disais que ce n'était pas pratique parfois, et même un peu amusant. En franchissant la porte, j'ai jeté un sort d'amour sur Kristy, un sort très précis.

C'était une snob de la pire espèce, et cela m'agaçait. Alors je l'ai fait tomber amoureuse d'un des agents d'entretien du bâtiment, Ed. Ed était un amour et la gentillesse incarnée. J'aimais l'idée qu'elle tombe pour quelqu'un qu'elle considérait comme socialement inférieur. Non que je le voie ainsi, mais elle, si. Je me disais qu'ils s'amuseraient un peu avant que l'effet ne s'estompe.

Après avoir subtilisé la fiole de philtre d'amour sur le bureau de Brian, d'un petit mouvement du poignet, le sort était jeté. Ce fut mon dernier acte avant de quitter le bureau. Moins d'une semaine après mon dernier voyage chez moi, j'étais de nouveau sur l'autoroute, roulant de New York vers le Maine.

En toute honnêteté, pendant tout le temps où j'avais essayé de m'intégrer dans le monde en dehors de Charm Cove, je m'étais sentie décalée. Ce n'était pas facile de s'intégrer où que ce soit avec mon passé. Je me répétais que je finirais par m'installer et m'y habituer. Pourtant, cela ne s'était simplement jamais produit. Essayer de se sentir normale était difficile quand on savait qu'on ne l'était pas. Entre ma rencontre avec Liam, le fait que ma famille me manquait terrible-ment et puis avoir regoûté à la magie, je cédais enfin à l'envie de rentrer chez moi. Charm Cove était comme un aimant dont je ne pouvais me détacher.

Chaque fois que mon cœur traître tentait de me rappeler que mon destin était lié à Liam et à Charm Cove, je rayais son nom de cette pensée dans mon esprit. Peut-être qu'il était divorcé maintenant, mais cela ne changeait rien à notre histoire.

CHAPITRE SIX

En entrant dans la remise à calèches que ma mère avait gardée vide pendant trois longues années en attendant mon retour, j'ai poussé un cri lorsqu'une boule de poils est tombée d'en haut.

Écartant mes cheveux de mes yeux, j'ai aperçu un chat blanc qui traversait le sol en courant. Pivotant sur lui-même, le chat s'est assis sur son train arrière et m'a fixée d'un œil réprobateur. De toute évidence, c'était moi l'intruse ici.

— Qui es-tu ? ai-je demandé, comme si le chat pouvait me répondre. La réponse dudit chat fut de remuer la queue et de tourner sur lui-même.

— C'est Ghost, a annoncé ma mère.

Je n'avais pas besoin de la voir pour savoir que c'était elle. Je me suis retournée pour la découvrir en train de franchir la porte derrière moi.

— D'où sort-il, bon sang ?

Ma mère a fermé la porte derrière moi et a pointé vers le haut. J'ai suivi la direction de son index pour voir plusieurs étagères montées aléatoirement en hauteur sur le mur.

— Pourquoi y a-t-il des étagères là-haut ? Ce n'est pas comme si quelqu'un pouvait les atteindre.

Ma mère a baissé sa main, la posant sur sa hanche avec un sourire. — Elles sont pour Ghost. Il peut atteindre la première et ensuite sauter sur les deux suivantes. Il aime dormir en hauteur, a-t-elle expliqué.

Comme pour prouver ses dires, Ghost a traversé la pièce au petit trot, a sauté sur l'étagère inférieure puis sur la suivante et encore la suivante. La queue frétillante, il s'est assis et nous a fixées depuis les hauteurs.

J'ai regardé à nouveau ma mère. Camille Wicked. Elle avait épousé la famille Wicked, mais elle était déjà une sorcière avant d'épouser mon père, un sorcier. Eh oui, c'est bien ça. Je descendais d'une sorcière et d'un sorcier.

Ma mère avait les cheveux argentés, qu'elle portait courts et élégants en carré. Elle portait une jupe verte ajustée qui épousait ses hanches et s'évasait aux chevilles dans un tourbillon. Elle avait des bottines en cuir noir tendance et un chemisier crème ajusté. Son look élégant était couronné de boucles d'oreilles pendantes en argent et de suffisamment de bracelets en argent pour me donner mal à la tête chaque fois qu'elle bougeait le bras.

— Pourquoi Ghost vit-il ici ? ai-je demandé.

— Il est à toi, a répondu ma mère calmement. Avec un haussement d'épaule élégant, elle s'est retournée en regardant autour d'elle tandis que j'essayais d'assimiler cette petite annonce.

La remise à calèches était belle, bien sûr. Contrairement à certaines remises, celle-ci avait réellement servi autrefois d'espace de stockage pour les calèches et les chevaux. La maison de mes parents avait été construite au début des années 1700. C'était une demeure coloniale classique de la Nouvelle-Angleterre. Belle et majestueuse, elle était située en haut d'une falaise, donnant sur l'océan au loin. Cette remise se trouvait en vue de la maison principale, mais pas trop près.

La remise avait été soigneusement entretenue et rénovée, passant de sa fonction précédente à une véritable habitation. L'entrée me menait directement dans le salon, qui avait des plafonds hauts avec une petite mezzanine qui avait autrefois été le fenil. Les sols étaient en châtaignier d'origine avec un brillant lustré. L'espace ouvert avait d'immenses fenêtres qui donnaient sur la côte au loin. L'océan se trouvait à un bon kilomètre et demi d'ici, mais on pouvait encore le voir.

D'un côté, il y avait la cuisine. Là où se trouvaient autrefois les portes de l'écurie, il y avait un comptoir qui servait de séparation entre la cuisine et le salon avec des placards sur le mur derrière. À l'arrière se trouvaient des portes qui menaient à deux chambres et une salle de bain. La mezzanine à l'étage était un charmant coin lecture.

Je ne l'aurais jamais admis à ma mère, mais un sentiment de soulagement m'avait envahie lorsque j'étais entrée ici. Cet endroit était le mien. Il m'avait été légué par ma grand-mère à son décès.

Il y avait des fleurs sur le comptoir de la cuisine et sur la table de la salle à manger sur le côté. J'aurais dû savoir que ma mère me souhaiterait la bienvenue en rendant l'endroit joli. Elle savait que j'aimais les fleurs. En particulier, elle savait que le jardin et les fleurs fraîches m'avaient manqué à New York.

Ma mère s'est approchée et m'a prise dans ses bras, alors que je tenais encore un sac dans mes mains. Inutile de préciser que c'était un peu maladroit. En se reculant, elle a encadré mes joues de ses mains, ses bracelets tintant. — Tu m'as manqué, ma chérie. Je suis si contente que tu sois rentrée. Tu es enfin de retour. Exactement là où tu étais destinée à être.

Cela a été dit avec une touche de drame, suffisante pour me faire lever les yeux au ciel. — Maman, tu m'as vue il y a deux semaines et puis le mois d'avant.

— Je sais, a-t-elle dit en reculant, posant sa main sur sa hanche. — Mais tu reviens enfin à la maison, comme c'était prévu. Les choses vont enfin retrouver leur place.

J'ai posé mon sac sur le canapé au centre de la pièce. Il faisait face à la vue sur l'océan avec une petite table basse. Sur le côté de la pièce, il y avait un autre coin salon avec une télévision fixée au mur. Comme je ne savais pas comment répondre au mieux au commentaire théâtral de ma mère, j'ai choisi le silence.

— As-tu besoin d'aide pour défaire tes bagages ? J'ai appelé Liam et lui ai dit que tu aurais peut-être besoin d'aide. Il a dit qu'il pourrait passer cet après-midi.

— Maman, ne commence pas, l'ai-je avertie.

Ma mère a élégamment arqué un sourcil. Tout ce qu'elle faisait était élégant. — Que veux-tu dire par là, ma chérie ? Liam est un vieil ami de la famille. Si tu as besoin d'aide pour déménager, il est heureux de le faire. C'est tout à fait innocent.

Regardant ma mère, j'ai secoué la tête. Ma mère était beaucoup de choses, mais innocente n'en faisait définitivement *pas* partie, surtout quand il s'agissait de moi. Étant sa seule fille parmi quatre fils, elle était déterminée à façonner ma vie comme bon lui semblait. — Je n'ai pas tant d'affaires que ça. Je ne sais pas non plus combien de temps je vais rester, ai-je fini par dire.

Même si j'envisageais sérieusement de rester définitivement à la maison, je n'étais pas prête à jouer cette carte tout de suite.

J'ai réalisé mon erreur au moment où les mots sont sortis de ma bouche. Les yeux de ma mère se sont écarquillés et sa bouche s'est ouverte, une expression d'horreur feinte sur son visage. — Moira ! Quand vas-tu simplement faire face à ton destin ? Plus tu fuis, plus ce sera difficile.

Oh là là. Seulement dans mon monde les gens parlaient de choses comme le sort et la destinée avec un tel sérieux. C'était, après tout, la raison de mon prénom, mais ça ne voulait pas dire que je voulais être à la hauteur de celui-ci.

Pourtant, même si je n'aimais pas y penser, trois ans loin de Charm Cove et de la vie que je connaissais ici m'avaient enseigné une leçon haut et fort. Je ne pouvais pas cesser d'être une sorcière. J'avais essayé, oh comme j'avais essayé.

Comme si elle pouvait lire dans mes pensées – ce dont, à ma connaissance, elle était incapable – le regard de ma mère s'est adouci. Elle s'est approchée de moi, passant ses mains sur mes épaules et leur donnant une douce pression. — Ma chérie, tu as eu un sort qui a mal tourné. C'est fini. Ça s'est de toute façon réglé tout seul. C'est ce qui arrive avec les sorts d'amour. Ils peuvent temporairement faire l'affaire, mais quand des forces plus grandes sont à l'œuvre, ils ne durent pas longtemps.

J'ai levé les yeux au ciel. — Est-ce que ça veut dire que la potion de philtre d'amour que vend Tante Lea est accompagnée d'un avertissement indiquant que son effet pourrait s'estomper ?

Les lèvres de ma mère se sont pincées et elle a roulé des yeux, ses mains se détachant alors qu'elle reculait d'un pas. — Bon sang. Il y a les pouvoirs utilisés contre ceux qui n'en ont aucun et puis les pouvoirs utilisés contre ceux qui ont leur propre pouvoir. Ce sont deux choses très différentes, ma chérie, et tu le sais. Elle a secoué la tête et soupiré. — Quoi qu'il en soit, je dirai à Liam qu'il est inutile de passer. Je ferai de mon mieux pour ne pas me mêler de ta vie amoureuse. Mais... – elle a fait une pause pour agiter son doigt vers moi – ...tu sais qu'un sort ne peut pas faire grand-chose contre le destin. Tu dois y faire face.

Elle a commencé à se détourner, mais j'ai parlé. — Maman.

Elle s'est retournée d'un coup, sa jupe tourbillonnant autour de ses chevilles. — Oui ?

— Du nouveau dans l'enquête sur la mort d'Alvin ?

Je ne pouvais pas résister à l'envie de demander. Malgré mes réticences face à certaines pratiques de ma famille, je n'avais aucun mal à admettre que j'étais curieuse. Je préférais toutefois rester discrète. Ce picotement dans ma colonne vertébrale et ce fourmillement dans mes doigts me rappelaient que quelque chose clochait dans la mort d'Alvin. J'avais l'intention de découvrir quoi.

Ma mère est retournée vers le comptoir de la cuisine, y posant son coude et secouant la tête. — Non. Et les ragots sont tout simplement terribles. La moitié de la ville pense que quelqu'un de notre famille y est pour quelque chose. Tandis que l'autre moitié pense que quelqu'un de la famille Good l'a fait. Mon Dieu, quand vont-ils comprendre que nous avons cessé de nous quereller ? C'est tellement ridicule.

Je n'ai pas pu m'en empêcher, un reniflement moqueur m'a échappé.

Ma mère m'a regardée, les yeux écarquillés. — Quoi ?

— Voyons, Maman. Peut-être qu'on ne s'entretue plus, principalement parce que c'est plus illégal que ça ne l'était avant. L'histoire entre nos deux familles, c'est comme les Hatfield et les McCoy, mais avec de la magie.

— Personne n'a jeté de sort à qui que ce soit depuis plus d'une décennie, a dit ma mère, le ton offensé. — Oh, attends. Je retire ce que j'ai dit. À part toi.

Mes joues ont chauffé tandis que je jurais silencieusement dans ma

tête. — Peu importe, Maman. Liam et moi sommes en paix maintenant, et ça fait des années que c'est comme ça.

   — Seulement depuis que tu es partie. C'est facile d'être en paix
quand on évite quelqu'un, a-t-elle dit avec insistance. — Retiens bien
mes paroles, ton destin s'accomplira. Ce n'est qu'une question de
temps.

CHAPITRE SEPT

L'après-midi suivant, j'ai garé ma voiture sur Charming Way et me suis dirigée vers Persnickety Potions & Gifts. J'avais besoin de parler avec Tante Lea. Encore. En entrant dans la boutique, j'ai été à nouveau submergée par un sentiment de familiarité, de confort et d'accablement. C'était comme toute ma vie ici à Charm Cove. Cette boutique, en particulier, m'était si familière.

Avant d'être assez âgée pour y travailler officiellement, j'y passais des heures et des heures, souvent installée à l'arrière à jouer avec mes cousins. Pendant ce temps, ma mère et Tante Lea s'occupaient des clients à l'avant. C'est ici que j'ai appris tant de choses sur ma famille et sur ce que signifie être une sorcière. L'arrière-boutique regorgeait de pratiquement tout ce qu'on pouvait imaginer. À première vue, tout semblait assez banal. Nous vendions des choses comme des teintures à base de plantes et des remèdes homéopathiques. Ce genre de produits est incroyablement populaire de nos jours.

Pourtant, à côté de ces flacons se trouvaient des potions qui renfermaient une véritable magie. Quand les différentes modes magiques ont émergé, nous avons commencé à vendre des baguettes. Nous devions être extrêmement prudents pour ne pas vendre de baguettes dotées d'un véritable pouvoir. Il y en avait quelques-unes éparpillées. Seul un autre sorcier ou une autre sorcière pouvait les reconnaître au premier coup d'œil. Une fois, je me suis amusée avec l'un de mes cousins. Cette cliente venait dans notre boutique chaque été sans faute. Elle était autoritaire et prétentieuse. Je suppose qu'on pouvait dire qu'elle avait trop de temps libre. Quoi qu'il en soit, nous lui avons vendu une baguette avec de vrais pouvoirs magiques après l'avoir imprégnée d'un sort de rupture.

Oh, les histoires que nous avons entendues au cours des semaines suivantes étaient hilarantes ! Elle cassait des objets à gauche et à droite. Elle a finalement rapporté la baguette, déclarant qu'elle était convaincue que c'était la source de toute sa porcelaine brisée. Bien que je puisse voir l'incrédulité dans ses yeux, il y avait une lueur. Aujourd'hui encore, je suis convaincue qu'elle n'était pas une sorcière, mais elle avait goûté à la vérité. C'était juste un peu gênant et plutôt faible. Nous avions fait en sorte que le sort de rupture ne fonctionne que sur des objets petits et inoffensifs.

Comme d'habitude, Persnickety Potions & Gifts était bondé. Les touristes se raréfiaient légèrement en hiver, mais du printemps à l'automne, Charm Cove était rempli de visiteurs. Deux de mes jeunes cousins étaient occupés à aider les clients. Je leur ai fait un rapide signe de la main et me suis glissée derrière le comptoir à la recherche de Tante Lea. Le rideau de perles a tinté doucement lorsque je l'ai poussé pour la trouver en train de regarder l'une des étagères de rangement à l'arrière.

— Tante Lea, ai-je dit, en essayant d'injecter un ton sévère dans ma voix.

Elle s'est retournée, un sourire illuminant son visage. Elle a complètement ignoré mon ton, s'est approchée de moi et m'a enveloppée dans l'un de ses câlins parfumés au romarin.

— Bonjour, ma chérie, je suis si contente que tu sois rentrée. Enfin.

Oh, bon sang. Tante Lea et ma mère étaient comme deux gouttes d'eau. Elles étaient convaincues que c'était une décision définitive. C'était une décision provisoire puisque j'étais entre deux emplois, mais j'ai ravalé mon soupir. Lui rendant son étreinte, je me suis rapidement reculée, les mains sur les hanches.

— Tante Lea, j'étais ici il y a deux semaines. Comme tu le sais, j'ai décidé de quitter mon emploi. Grâce à toi.

Plissant les yeux, je l'ai fusillée du regard.

— Heureusement que je n'ai pas l'habitude de jeter des sorts pour embêter les gens.

Elle a levé les yeux au ciel et j'ai continué.

— En y repensant, je jetterais bien un sort d'amour sur Oncle Jacob pour qu'il tombe amoureux de quelqu'un d'autre.

Tante Lea a souri.

— Ça ne marcherait pas, ma chérie. Il est plus puissant que toi. En plus, nous sommes trop vieux. Les sorts d'amour ne fonctionnent vraiment que sur les jeunes. Du moins, pour plus d'une minute. Quoi qu'il en soit, pourquoi est-ce ma faute si tu as quitté ton travail ?

C'était à mon tour de lever les yeux au ciel.

— J'apprécie que tu aies tenu parole et rompu ton sort d'amour original sur Brian, mais ce sort ridicule est ce qui a déclenché tout ce bazar. Tu as fait que mon stupide patron se pâme pour moi. Maintenant, il est tout le temps sur la réceptionniste, mais Kristy pense que c'est de ma faute.

Tante Lea n'avait pas l'air le moins du monde désolée. En fait, elle s'était déjà détournée et triait une petite boîte de flacons.

— Quoi qu'il en soit, Kristy a piqué une crise et a prétendu qu'elle avait l'impression que je recevais un traitement de faveur ou une bêtise dans ce genre. Les RH voulaient que j'assiste à une réunion avec elle, et j'ai décidé qu'il était temps de partir. C'est pour le mieux. Je le sais peut-être, mais ça ne veut pas dire que j'apprécie une seule minute ce que tu as fait. N'essaie pas de t'amuser avec des sorts maintenant que je suis de retour. Oh, et ne suppose pas que je reste. Je prends quelques semaines pour réfléchir à ce que je vais faire ensuite.

Tante Lea s'est retournée pour me faire face, levant la main pour ajuster l'un des baguettes chinoises qui dépassait du chignon au sommet de sa tête. Je jure que cette femme avait plus de baguettes chinoises que quiconque de ma connaissance. Elle les utilisait exclusivement pour se coiffer.

— Peu importe, ma chérie. Tu es là pour rester. Je le sais, et tu le sais. En plus, Tante Penelope l'a vu.

— Vu quoi ?

— Que tu allais rentrer pour de bon. Enfin, toi et Liam allez régler ce gâchis que tu as créé il y a quelques années. On ne peut pas jouer avec le destin. Même si on est une sorcière, a-t-elle dit avec un geste dramatique de la main.

— Peu importe, a été ma brillante réponse.

J'avais appris il y a longtemps que ça ne valait pas la peine de discuter avec quelqu'un de ma famille. Pas quand il s'agissait de leurs opinions sur le destin et tout ça. J'étais maudite avec un prénom qui signifiait *destin ou destinée*. Comme s'il y avait une grande différence. Si j'en avais eu les moyens quand j'étais bébé, j'aurais secoué mon poing vers mes parents quand ils ont choisi mon nom.

— Avons-nous fini ? a demandé Tante Lea.

— Fini quoi ?

— Que tu sois contrariée à cause de ce sort d'amour idiot que j'ai jeté sur ton patron. Le fait qu'il bavait devant toi était un accident, que j'ai rectifié.

Autre chose qui me rendait folle à propos de ma famille : je ne pouvais pas rester fâchée contre qui que ce soit. Peu importe à quel point ils étaient curieux, autoritaires et sorciers, je les aimais. J'ai soupiré.

— D'accord. J'ai dit ce que j'avais à dire.

— Bien. Parce que nous avons besoin de ton aide.

— De l'aide pour quoi ?

Elle a pris un petit flacon d'un remède à base de plantes, l'a distraitement fait tourner entre ses doigts alors qu'elle appuyait ses hanches contre le comptoir le long du mur arrière.

— Eh bien, ce désastre avec Alvin Pearson qui s'est noyé dans la fontaine est un problème. Les rumeurs sont folles. Honnêtement, je ne sais pas ce qui s'est passé. Quelqu'un a jeté un sort qui a mal tourné. Du moins, c'est ce que pense Jacob.

Jacob Good était le mari de Tante Lea. Il se trouvait aussi être l'oncle de Liam et un puissant sorcier. De peur que vous vous inquiétiez que Liam et moi soyons apparentés. Beurk ! Pas question ! Le mariage de Lea et Jacob était le lien qui unissait les Wicked et les Good pour leur génération. Entre autres choses, Jacob était assez habile pour sentir quand et où les sorts étaient jetés. Parfois, sa précision était suffisante pour identifier celui qui avait lancé le sort. Dans le monde sauvage des sorciers et des sorcières, il était connu comme un détecteur.

Si Jacob pensait que quelqu'un avait jeté un sort qui avait quelque chose à voir avec la mort d'Alvin, c'était très probablement vrai.

— Alors, qui pense-t-il que c'est ? ai-je demandé, décidant de garder pour moi que j'avais mes propres soupçons.

— C'est ça le problème. Il n'en est pas sûr. Celui qui l'a fait n'est pas très puissant. Tout ce qu'il a pu sentir, c'est la trace. Bien sûr, cela fait maintenant une semaine et demie qu'ils ont trouvé le corps d'Alvin. Avec Alvin mort, Jacob n'a aucune piste à suivre. À mon avis, c'est quelqu'un de jeune. Même dans les familles moins puissantes, s'ils sont plus âgés, ils ont utilisé leurs pouvoirs depuis longtemps. Mais s'ils sont jeunes et frais, eh bien, tu sais ce qui se passe.

Je me suis mordu la langue. J'avais certainement été jeune et imprudente il y a un temps. Peu importe. J'étais de retour maintenant, et je ne pouvais pas défaire ce gâchis. Au moins, Liam était divorcé maintenant.

— Alors, comment puis-je aider ? ai-je demandé, choisissant d'ignorer sa remarque sur mon sort qui avait mal tourné il y a quelques années.

— C'est simple. Tu as été absente, donc les gens sont plus susceptibles de bavarder avec toi, a répondu Tante Lea avec un haussement d'épaules élégant.

— Hein ? En quoi cela va-t-il aider ?

— Tout le monde voudra discuter. Tu peux juste faire l'innocente. Bien sûr, les rumeurs en ville disent que soit nous l'avons fait, soit l'un des Good l'a fait. Doux Jésus, les gens sont si idiots. Ce n'est pas parce que les Wicked et les Good sont puissants que nous l'avons fait. Nous ne sommes pas si stupides, a-t-elle dit avec un souffle. Ce fichu changement de zonage a touché beaucoup de familles. Selon mon calcul, la moitié de la ville avait de bonnes raisons d'être en colère contre Alvin Pearson. Alors commence juste à être curieuse. En plus, tu as une touche du pouvoir de Mémé.

Son commentaire m'a surprise, mais elle a continué.

— Si tu n'étais pas partie, nous aurions peut-être pu t'aider à développer cela, a-t-elle dit avec un souffle exaspéré.

— Le pouvoir de Mémé ?

Mémé était ma grand-mère maternelle. Ma famille portait son histoire française et irlandaise comme un insigne d'honneur. Il y avait aussi le fait que nous étions dans le Maine, où la présence des Canadiens français du sud du Canada étendait profondément son influence dans le Maine, d'où l'utilisation courante de Mémé pour grand-mère par ici. Mémé avait été une sorcière très puissante en son temps. Elle était décédée quand j'étais au lycée, et je ne pensais pas que je cesserais un jour de la regretter.

Tante Lea a soufflé à nouveau, posant une main sur sa hanche. Aujourd'hui, elle portait une autre jupe fluide. Celle-ci était violet vif et assortie d'un chemisier blanc aux manches bouffantes. Dans l'ensemble, elle présentait une image d'élégance désordonnée. Elle a agité ses doigts vers moi avec un roulement d'yeux.

— Ma chérie, le pouvoir t'est donné, mais tu dois apprendre à l'utiliser. Mémé était l'une des rares qui pouvait vraiment voir. Tu l'as aussi, mais tu es partie et tu as juré de ne plus être une sorcière, a-t-elle dit, l'incrédulité suintant de ses paroles.

— Tu sais quoi ? Laisse tomber. Je suis partie. Beaucoup de gens grandissent et passent à autre chose. Je ne vous ai jamais coupés de ma vie. Je voulais juste... je voulais voir ce que c'était d'être normale. C'est tout. Je sais maintenant que ce n'est pas possible, alors peu importe. Quoi qu'il en soit, quel est ton point ? Il n'y a aucun moyen que je puisse égaler le pouvoir de Mémé, alors ne te fais pas d'illusions.

Les yeux de Tante Lea se sont illuminés un instant et avant que je ne sache ce qui se passait, elle me tirait dans un autre câlin. Se reculant, elle a pris mon visage dans ses mains.

— Je suis tellement soulagée que tu comprennes que tu ne peux plus tourner le dos à ton héritage.

Bien sûr, cela a été dit de façon assez dramatique parce qu'il était impossible pour Tante Lea de ne pas être dramatique.

— Je ne tourne le dos à personne, ai-je dit, en tapotant ses mains et en reculant. Alors, quel est ton point à propos de Mémé ?

Elle a hoché la tête, revenant tout de suite aux affaires.

— Oh, juste que si elle était là, elle pourrait peut-être comprendre. Parfois, tout ce qu'elle avait à faire était de toucher les objets utilisés dans les sorts et elle pouvait voir ce qui s'était passé. Non pas que je pense que tu puisses faire ça parce que ce genre de pouvoir lui a pris des décennies à développer. Tu devrais faire une visite à la fontaine et voir ce qui se passe.

J'ai réalisé que ma bouche s'était ouverte et je l'ai rapidement refermée. Doux Jésus. Revenir à Charm Cove, c'était comme entrer dans un autre monde, un monde très loufoque. Ce n'est pas comme si je ne le savais pas. *J'avais* grandi ici, mais quelques années loin des conversations quotidiennes sur les pouvoirs et les sorts et tout ça, et j'avais clairement oublié ce que c'était.

Tante Lea, inconsciente de mon train de pensée, a continué.

— Je n'arrive *toujours* pas à croire que tout le monde suppose que c'est soit un Wicked, soit un Good qui a fait ça. Nos familles sont blâmées pour tout.

J'ai décidé de rester silencieuse sur le fait qu'il y avait en fait une très bonne raison à cela. À différents moments de nos histoires enchevêtrées, nos familles n'avaient pas été si bénignes. Des sorts jetés sur divers membres de la famille dans les deux directions avaient parfois entraîné des maladies et des morts. Il y avait même eu un duel autrefois.

Seulement à Charm Cove, ce serait une honte qu'il y ait eu un duel. Les deux familles considéraient ce petit incident comme une tache sur notre histoire. Je veux dire, les sorciers et les sorcières n'ont pas besoin d'armes à feu. Si ridicule. Personne n'a gagné, d'ailleurs.

J'ai entendu mon nom depuis l'avant de la boutique, puis l'un de mes cousins répondre quelque chose. Avant que je ne le sache, mon amie Zoe franchissait le rideau de perles.

— Tu es là ! s'est-elle exclamée.

— Hé, Zoe !

Bien que je sois venue ici deux fois au cours du dernier mois, les deux visites avaient été brèves, et je n'avais pas eu l'occasion de rendre visite à Zoe. Ayant grandi ici, j'avais un certain nombre d'amis, mais elle était l'une de mes plus proches.

Tante Lea lui a fait un clin d'œil, puis nous a fait signe à toutes les deux.

— Réfléchis à ce que j'ai dit, a-t-elle dit avec un élégant mouvement de son index avant de repasser à travers le rideau de perles vers l'avant. Vous pouvez rester ici aussi longtemps que vous voulez, les filles, a-t-elle lancé par-dessus son épaule.

Dès que Tante Lea fut hors de portée d'oreille, j'ai regardé Zoe.

— Il n'y a aucune chance qu'on rattrape notre retard ici.

Zoe a ricané.

— Certainement pas. J'ai vu ta voiture et je me suis dit qu'on pourrait peut-être aller déjeuner.

— Allons-y. Où veux-tu aller ?

— Allons au Charm Café.

Un autre effet secondaire parfois agaçant de vivre quelque part nommé Charm Cove était que pratiquement tout était nommé avec une variante de *charm* dedans.

CHAPITRE HUIT

Peu de temps après, Zoe et moi étions installées à une table du Charm Café. C'était l'un des nombreux restaurants animés de Charm Cove. Nous avions dû attendre vingt bonnes minutes pour avoir une table. Malgré la foule, nous avions eu de la chance. Notre serveur s'avérait être l'un des cousins de Zoe, et il nous avait donné une table de choix dans le coin. Des fenêtres des deux côtés offraient une vue magnifique sur le port de Charm Cove. Pendant que Zoe prenait rapidement un appel téléphonique, j'ai pris un moment pour apprécier cette vue familière.

On pouvait voir toute la crique d'ici. Les bateaux se balançaient dans l'eau aux quais du port. De l'autre côté de la crique, les vagues roulaient doucement contre les rochers. Il faisait encore frais pour le printemps, mais de nombreuses personnes se promenaient sur la plage, dans la partie sablonneuse entre les rochers. Le soleil était haut dans le ciel, miroitant sur les eaux au-delà de la crique. Charm Cove se trouvait à peu près au milieu de la côte du Maine. Cette partie du Maine était parsemée d'îles, dont certaines étaient visibles d'ici. Un petit phare se dessinait au loin. Il était toujours en service et, selon les rumeurs des touristes, hanté.

Ils ignoraient qu'il appartenait simplement à une famille de sorcières. Le phare avait changé de mains plusieurs fois au cours des siècles. En ce moment, il était la propriété d'un des Good.

Zoe termina son appel et glissa son téléphone dans son sac à main. Je la regardai et souris. Elle ressemblait presque exactement à ce qu'elle était quand nous étions ensemble au lycée. Elle avait toujours ses cheveux bouclés foncés et ses yeux bruns pétillants, ses joues rondes et ses taches de rousseur. Elle détestait avoir l'air si mignonne avant.

Elle s'appuya sur la table, les coudes posés dessus.

— Alors, la rumeur dit que tu es revenue pour de bon. Dis-moi que c'est vrai.

— Crois-moi. Je suis au courant des rumeurs. Tu connais ma famille. Maman et Tante Lea sont déjà convaincues que je suis revenue pour affronter mon destin. Quoi que ça puisse bien vouloir dire.

— Oh, ne les laisse pas t'atteindre. Ignore-les. Mais elles ont probablement raison.

— Ne commence pas avec moi !

Zoe éclata de rire.

— Désolée. Je n'ai pas pu résister.

— Liam a épousé quelqu'un d'autre, donc je suis assez sûre que ça a fait voler en éclats toute cette histoire de *destin*.

— Il est déjà divorcé. Destin ou pas, tu ne peux pas prétendre que ce n'est pas une possibilité maintenant.

Je levai les yeux au ciel.

— Peu importe. Passons à autre chose.

Je préférais ne pas trop m'attarder sur Liam, pas quand le simple fait de le voir me troublait d'une façon que je croyais avoir dépassée depuis longtemps.

— D'accord. Raconte-moi ce qui s'est passé avec ton travail.

Je lui ai rapidement expliqué le petit tour de Tante Lea avec le sort d'amour sur mon patron. Zoe trouvait ça hilarant. Bien sûr, c'était drôle, sauf que j'avais été la victime involontaire de son amour pendant une semaine et que j'avais été poussée à démissionner pour ne pas avoir à gérer les conséquences. Même si je pouvais admettre qu'il était grand temps pour moi de partir parce que je n'y étais pas heureuse, j'aurais préféré le faire à mon rythme.

— Quoi qu'il en soit, tu ne vas pas croire ce que Tante Lea veut que je fasse maintenant.

— Quoi ? demanda Zoe.

— Tu sais, toute cette histoire d'Alvin Pearson ?

— Oh mon Dieu. Comment pourrais-je ne pas en avoir entendu parler ? Daniel s'occupe de cette affaire, et ça l'épuise. Tout le monde se dispute à ce sujet et tout le monde pense que c'est la faute de quelqu'un d'autre. Bien sûr, ta famille est l'un des deux principaux suspects. C'est toujours les Wicked et les Good.

J'enroulai une mèche de mes cheveux autour de mon doigt et soupirai.

— Et tu te demandes pourquoi je suis partie ? C'est *toujours* quelque chose à propos des Wicked et des Good, et je fais partie d'eux.

Zoe gloussa.

— C'est vrai, mais tu es géniale, alors je suis contente que tu sois rentrée. En tout cas, les gens disent que toi et Liam êtes hors de cause parce qu'aucun de vous n'était en ville.

— Nous étions là quand ils l'ont trouvé, cependant. Comment sais-tu que Liam était absent ?

Avec un haussement de sourcil, Zoe sourit.

— Tu te demandes comment je savais où était Liam, n'est-ce pas ?

— Oh, bon sang. Tu pourrais me renseigner, s'il te plaît ?

— Très bien. D'après le médecin légiste, Alvin s'est noyé des heures plus tôt. Tu venais juste d'arriver en ville, et Liam aussi. Il a déménagé à Boston après son mariage, et comme toi, il revient vivre ici maintenant.

Choisissant d'ignorer les commentaires de Zoe sur Liam, je restai concentrée sur Alvin.

— Sait-on quand il s'est vraiment noyé ?

Zoe acquiesça.

— Le légiste a estimé que le décès remontait à environ six heures avant qu'il ne soit retrouvé. Tu n'étais même pas encore en ville, n'est-ce pas ?

— Non, certainement pas six heures avant. Je venais d'arriver environ une demi-heure avant. Alors, qu'en pense Daniel ? demandai-je, en faisant référence au chef de police qui se trouvait être le mari de Zoe.

— Tu le connais. Même s'il est marié avec moi, et que je suis une sorcière, il considère toujours que c'est la dernière option. Il n'arrête pas de dire que c'est forcément le principe du rasoir d'Occam. L'explication la plus simple est que quelqu'un était contrarié par les changements de zonage d'Alvin. Laisse-moi te dire que la liste des suspects pour ça est sacrément longue. Comment diable Lea pense-t-elle que tu pourrais aider ?

— Oh, elle pense que plus de gens me parleront parce que je n'ai pas été ici depuis longtemps.

Zoe éclata de rire.

— Eh bien, elle a probablement raison à ce sujet. Tu n'as pas été dans les parages, alors tout le monde va penser que tu es de la chair fraîche.

Nous fîmes une pause quand notre serveur arriva pour remplir nos verres d'eau et prendre notre commande. Zoe me poussa du coude.

— Tu dois prendre un sandwich au homard. Quand as-tu mangé un bon sandwich au homard du Maine pour la dernière fois ?

— Il y a quelques semaines, dis-je en riant. Mais j'en prends quand même un.

Notre serveur s'éloigna en promettant que nos sandwichs au homard seraient prêts dans quelques minutes.

À ce moment-là, Opal Good entra dans le café. Être une Good signifiait qu'Opal était une sorcière, et une très puissante. Cela s'était atténué dans ma génération, mais pendant des siècles, on s'était demandé quelle famille de sorcières était la plus puissante - les Wicked ou les Good. En toute honnêteté, la réponse était ni l'une ni l'autre. Les deux étaient remplies de flopées de sorcières et de sorciers. Certains individus pouvaient avoir été plus puissants à différents moments, mais dans l'ensemble, les différences étaient minuscules.

Comme si notre présence était un aimant, les yeux d'Opal se posèrent sur Zoe et moi dans le coin. Ignorant l'hôtesse qui essayait de la diriger dans une autre direction, Opal marcha droit vers notre table. Elle était grande et imposante avec ses cheveux argentés tirés en arrière en un chignon serré. Elle portait un pantalon noir et un chemisier blanc, lui donnant un air sévère.

Fixant ses yeux bleus brillants sur moi, elle posa une main sur sa hanche, son regard me jaugeant.

— Eh bien, les rumeurs sont donc vraies. J'entends dire que tu es de retour à la maison pour *de bon*.

Elle avait mis un peu trop l'accent sur les mots *de bon* à mon goût. Je me suis efforcée de ne pas devenir sarcastique d'emblée, alors j'ai gardé ma langue. Opal était l'une des tantes de Liam. Elle avait été furieuse contre moi quand j'avais déménagé.

— As-tu vu Liam ? demanda-t-elle, sans même prendre la peine de faire la conversation.

J'ai souri avec raideur et secoué la tête, contrôlant mon expression pour rester calme, et tendant la main pour tordre le bracelet qui n'était pas à mon poignet. Pendant la plus grande partie de mon enfance, j'avais porté un bracelet à breloques et j'avais l'habitude de jouer avec. Même si je ne l'avais pas porté depuis quelques années, j'avais toujours inconsciemment le réflexe de le chercher. N'ayant rien pour m'occuper les mains, j'optai pour la bague à mon doigt à la place, la faisant tourner en cercles. Quand nos familles respectives comprendraient-elles que fouiner constamment dans nos affaires n'aidait personne ? Destin ou non, si Liam et moi devions un jour régler les choses, ce ne serait pas parce que nos familles indiscrètes et prétentieuses l'auraient fait arriver.

— Non, je ne l'ai pas vu. Je suis sûre que ça arrivera. Juste pour que le moulin à rumeurs soit bien informé, je suis peut-être ou peut-être pas revenue définitivement, finis-je par dire.

Opal sourit avec malice.

— Ce que tu veux bien penser ne change pas le destin, ma chère. Son divorce a été finalisé juste la veille du jour où tu l'as vu il y a deux semaines. Si ça ne te dit pas tout, je ne sais pas ce qu'il te faut. Simplement, ne sois pas négligente avec tes sorts cette fois.

J'ai décidé que puisqu'elle était ouvertement impolie, je monterais dans le même wagon.

— Dis-moi, Opal. Tout le monde n'arrête pas de me poser des questions sur Alvin. Qu'en sais-tu ?

Opal attrapa une chaise de la table à côté de nous, sans même se donner la peine de demander aux gens qui y étaient assis si c'était correct de prendre cette chaise.

— Opal, tu ne peux pas simplement prendre cette chaise. Et s'ils attendaient quelqu'un ? chuchotai-je.

Elle se retourna, fixant les gens de son regard perçant.

— Avez-vous besoin de cette chaise ?

Les deux touristes, décontenancés par l'impolitesse d'Opal, se contentèrent de secouer la tête.

— Nous n'en avons pas besoin, finit par répondre l'homme.

Opal se retourna vers nous avec un haussement d'épaules élégant et un mouvement de sourcil.

— Tu vois, ils n'en ont pas besoin. Enfin bref, Alvin. Bon sang, c'est tout ce dont les gens peuvent parler, et on suppose simplement qu'un Wicked ou un Good y est pour quelque chose. Ça me donne mal à la tête d'y penser.

Zoe me regarda, jetant un coup d'œil entre Opal et moi.

— N'est-ce pas toujours comme ça ? demanda-t-elle.

Opal haussa les épaules, se penchant en arrière sur sa chaise et tambourinant ses ongles peints en rouge sur la table en bois.

— Peut-être, mais nous sommes au 21e siècle. Les Wicked et les Good sont bien au-delà de l'ancien temps. Je veux dire, cela fait plus d'un siècle que personne dans l'une ou l'autre famille n'a tué quiconque avec un sort.

Elle disait cela comme si c'était quelque chose dont il fallait être fier. Je n'ai pas pu résister à l'envie de commenter.

— Sérieusement, Opal ? Ce n'est pas exactement un motif de fierté de nous féliciter de ne pas nous être entre-tués ou d'avoir tué d'autres personnes. Nos familles étaient autrefois à couteaux tirés - à plus d'un titre. Il est juste de dire que nous avons mérité cette réputation dans le passé.

Opal fixa son regard bleu sur moi, ses yeux se rétrécissant.

— Laisse le passé rester dans le passé.

— Oh, je t'en prie. Il n'y a pas de passé qui reste dans le passé par ici. Tu n'as qu'à visiter ta boutique ou celle de Tante Lea. Les étagères du fond sont pleines de remèdes anciens, et la moitié de la raison pour laquelle je suis partie était d'échapper à tout le monde me disant que mon destin était lié à notre passé. Alors le passé n'est certainement pas le passé. Pas ici.

Zoe gloussa, s'arrêtant quand notre serveur arriva.

— Puis-je vous apporter quelque chose ? demanda-t-il à Opal.

— Un café, s'il vous plaît. Noir, répondit-elle.

— Quelque chose pour le déjeuner ? demanda-t-il.

Opal secoua la tête.

— Non, merci.

— D'accord. Vos sandwichs au homard seront prêts dans quelques minutes, dit-il, regardant entre Zoe et moi.

Il passa à une table voisine. Pendant ce temps, Zoe revint au sujet qui nous occupait.

— Je dis qu'il ne faut pas s'inquiéter de ce que les autres pensent. Daniel travaille là-dessus, et il est convaincu que ça n'a rien à voir avec des sorts qui auraient mal tourné entre les deux familles. Je suis sûre qu'il va déterminer qui pourrait être impliqué, si quelqu'un l'est.

Opal intervint.

— J'ai toujours dit qu'il n'y avait peut-être rien de suspect là-dedans. Tout le monde en ville savait qu'Alvin avait un problème d'alcool. L'explication la plus évidente est qu'il s'est saoulé à l'Enchanted Spirits, a commencé à rentrer chez lui et est tombé dans la fontaine en chemin.

Zoe acquiesça. Je voulais être d'accord, mais mon instinct me disait autre chose. Sachant que l'Oncle Jacob avait détecté les traces d'un sort jeté, et ma propre réaction. Rien qu'en y pensant maintenant, mes doigts recommençaient à picoter.

Jacob était le frère aîné d'Opal, au fait. Elle avait été furieuse, d'après ce que j'avais entendu, quand lui et Tante Lea s'étaient mariés. Même si elle était totalement dans le wagon du destin et tout ça, elle et Lea ne s'étaient apparemment pas très bien entendues au lycée. Bien que cette eau soit passée sous les ponts depuis des décennies maintenant.

Quelqu'un s'arrêta pour saluer Zoe, tandis qu'Opal prenait un appel téléphonique. Je regardai autour du restaurant. Le Charm Café était installé dans ce qui avait été autrefois une maison avec vue sur le port. C'était une maison de style Cape classique. Les nouveaux propriétaires avaient rénové tout le rez-de-chaussée pour en faire l'espace de restauration du café avec un bar d'un côté. Des fenêtres assez hautes pour s'y tenir debout laissaient entrer la lumière dans tout l'espace, les planchers de bois luisant sous le soleil. La cuisine était à l'étage, avec la nourriture servie par un monte-plat derrière le bar.

Il y avait quelque chose dans cet espace qui respirait simplement le Maine. Peut-être était-ce la vue sur la côte rocheuse et l'océan s'étendant au loin. Peut-être était-ce l'ancienne atmosphère de la maison avec son élégance usée. Ou peut-être était-ce le fait que je pouvais regarder autour de moi et ne pas me sentir si seule.

Bien que j'aie noué des amitiés pendant les quelques années où j'avais vécu loin d'ici, il y avait toujours un courant sous-jacent en moi. Parce que ce n'était pas comme si je pouvais être honnête sur mon histoire. Ce n'était pas comme si les sorcières ne pouvaient pas se fondre dans le monde réel. C'était la partie facile. Les sorcières et les sorciers l'avaient fait depuis le début des temps.

Pourtant, qui nous étions était toujours la vérité qui devait rester cachée, à moins que nous sachions que nous étions parmi ceux que nous considérions comme sûrs. C'était un soulagement de savoir que j'étais parmi des amis et parmi ceux qui savaient exactement qui j'étais et ce que j'étais. Non seulement ils ne pensaient pas que c'était fou, mais ils pensaient le contraire - c'était fou de souhaiter que mes pouvoirs disparaissent.

Notre serveur nous apporta nos sandwichs au homard avec le café d'Opal. Après qu'Opal eut terminé son appel et alors que j'étais en train de mordre dans un délicieux sandwich au homard, elle me fixa de nouveau de son regard bleu. Son regard était si similaire à celui de Liam, c'était étrange.

— Alors, quel est ton plan ? demanda-t-elle, d'un ton vif.

J'ai fini de mâcher et pris une gorgée d'eau, prenant un moment pour rassembler mes pensées.

— Que veux-tu dire ?

— Eh bien, j'ai croisé Lea la dernière fois que tu étais ici. Elle a dit que tu étais toute bouleversée à cause de ce stupide sort d'amour. Tu sais que c'était juste une blague. Seule ta famille est aussi négligente avec les sorts, dit-elle d'un ton pointu.

Pendant un moment, j'étais embarrassée. Ne me donnant même pas une chance de répondre, elle continua.

— De toute façon, Liam est divorcé. Tu es ici. Il est enfin rentré à la maison. Ta famille et la nôtre pensent qu'il est temps d'affronter ton destin.

Prenant une autre gorgée d'eau, j'ai aperçu le sourire malicieux de Zoe. Elle avait toujours été amusée par les machinations de ma famille et de celle de Liam. Dieu merci, elle était mon amie. Elle était un fil de santé mentale dans ma vie parfois chaotique ici à Charm Cove. L'ignorant, j'ai rencontré le regard déterminé d'Opal.

— Opal, je suis entre deux emplois. Je suis rentrée à la maison pour déterminer ce que j'allais faire ensuite. C'est tout.

Opal prit lentement une gorgée de son café, me regardant tout du long.

— D'accord. J'espère que tu seras moins négligente avec ta magie cette fois.

Je me mordis la langue pour ne pas lui répondre sèchement, prenant délibérément une autre bouchée de mon sandwich au homard et le mâchant, plutôt fort. J'en avais tellement assez que tout le monde me prenne la tête avec ce stupide sort qui avait mal tourné.

Si tu te demandes ce qui s'est passé, voici. Liam et moi avons commencé à sortir ensemble au lycée. Pas grand-chose. Sortir ensemble était un rite de passage assez normal au lycée. Bien sûr, comme j'étais une Wicked et lui un Good, il y avait des rumeurs entre nos familles et dans la communauté. Des rumeurs circulaient selon lesquelles nous étions le couple Wicked-Good prédestiné pour cette génération. Parle de pression.

Depuis l'événement malheureux, il y a environ trois siècles, quand l'un des hommes Good qui avait épousé une femme Wicked avait eu une aventure, les choses sont devenues moches. Soyons réalistes. C'était à l'époque des lettres écarlates et tout ça. Bien que les hommes aient eu beaucoup plus de latitude que les femmes, ce n'était pas acceptable. La femme Wicked dédaignée a jeté un sort, non destiné à tuer. Pourtant, son mari a lancé un sort en retour.

Parfois dans notre monde, les sorts peuvent entrer en collision. C'est exactement ce qui s'est passé dans ce cas. Les sorts ont mis le feu à une section de la forêt voisine. Les deux personnes impliquées dans le lancement des sorts ont été brûlées. Littéralement.

Aucun d'eux n'est mort. Pourtant, l'animosité créée par cet incident a explosé. Les deux familles qui avaient fondé Charm Cove ensemble se sont divisées à cause de cela. Pendant une génération entière, elles se sont à peine parlé. Je ne pouvais que l'imaginer. Une petite ville sur la côte balayée par le vent du Maine à l'époque où les gens devaient compter les uns sur les autres, avec deux familles puissantes en désaccord. Toutes deux avaient de vastes pouvoirs pour se rendre la vie misérable.

Si la légende dit vrai, il y a eu toutes sortes de méfaits à l'époque. Des sorts majeurs et mineurs lancés des deux côtés avec quelques morts à la clé. Après trop de problèmes pendant trop longtemps, les puissantes matriarches des deux familles ont déclaré que la seule façon de maintenir la paix était qu'il y ait un mariage entre un Wicked et un Good à chaque génération. Elles ont déclaré que cela maintiendrait la paix.

L'histoire raconte que le tout premier mariage était arrangé. Apparemment, les deux s'y sont opposés. Mais essaie de lutter contre le pouvoir de deux anciennes sorcières. Crois-moi, ce n'est pas facile et essentiellement impossible. Même si tu es toi-même une sorcière. Oh bien, oh mince.

Après cela, l'histoire dit qu'à chaque génération, un Wicked et un Good tomberaient amoureux. Tante Lea et Oncle Jacob avaient été le couple pour la génération de ma mère et d'Opal. Une fois que Liam et moi avons commencé à sortir ensemble, tous les plus âgés que nous dans nos familles ont déclaré que c'était inévitable. À l'époque, nous étions jeunes et n'y accordions pas beaucoup d'importance.

Puis, l'université est arrivée, et Liam, aussi beau soit-il, avait beaucoup de regards tournés vers lui. Tu vois, ici à Charm Cove, même si d'autres filles l'aimaient quand je sortais avec lui, elles se tenaient à l'écart. Bien que toutes les familles de Charm Cove ne connaissaient pas avec certitude les pouvoirs de nos familles respectives, personne ne voulait se frotter à nous. Mais la scène universitaire à Boston était tout autre.

J'avais été jeune et stupide. Il y avait cette fille qui n'arrêtait pas de flirter avec lui. J'ai décidé de jeter un sort, l'idée étant de lui rendre la vie un peu misérable. Mais je ne connaissais pas l'étendue de mes pouvoirs. Même si je n'étais pas idiote et que je connaissais les possibilités, j'ai accidentellement brûlé tout le bâtiment. Personne n'a été blessé, et elle allait bien, mais ça a brisé Liam et moi. Parce qu'il était furieux que je doute de lui.

Les restes de ce bâtiment carbonisé étaient toujours visibles à Boston où nous étudiions tous les deux à l'époque. Rien que je puisse faire à ce sujet maintenant. Nos familles avaient fait de grands efforts pour nettoyer le désordre et s'assurer que personne ne puisse relier cet incendie aléatoire à moi, ou à Liam.

La femme en question avait fini par l'épouser. C'était il y a à peine un an et demi, et apparemment leur divorce était maintenant finalisé. Que pouvais-je même dire à Opal à propos du destin ?

La regardant, j'ai simplement haussé les épaules.

— Bien sûr, je ne serai pas aussi négligente avec la magie. S'il y a une chose que j'ai apprise, c'est de ne jamais sous-estimer mes propres pouvoirs.

Les yeux de Zoe s'écarquillèrent, et je pouvais la voir retenir un rire. Pendant ce temps, Opal me fixait. Elle resta silencieuse un moment avant de rejeter la tête en arrière dans un éclat de rire.

— Eh bien alors, on dirait que tu as peut-être les idées claires maintenant.

Son téléphone vibra là où elle l'avait posé sur la table. Elle le fit pivoter, jetant un coup d'œil à l'écran.

— Je dois y aller, ma chère, mais retiens mes mots. Ce n'est qu'une question de temps, dit-elle d'un ton significatif.

Après le départ d'Opal, Zoe et moi avons fini de manger dans un silence complice. Notre serveur débarrassa nos assiettes et déposa l'addition. C'est seulement à ce moment-là que j'ai fait référence aux commentaires d'Opal.

— Je vais avoir la langue râpée à force d'être de retour ici.

Zoe ricana.

— Qu'est-ce que tu vas faire ? Ignore-la simplement.

— Facile à dire pour toi, ai-je répliqué.

— Je sais. Je ne suis pas celle qui a le poids du destin sur les épaules. Je dis simplement que c'est comme ça.

— Je sais.

Changeant de sujet, j'ai demandé :

— Alors, sérieusement, penses-tu que la mort d'Alvin était juste un accident ?

Zoe resta silencieuse un instant avant de hausser les épaules.

— Je ne crois pas. Je pense que c'est juste une question de découvrir qui et pourquoi.

Mes doigts ont picoté à cette pensée.

— Rends-moi service. Tiens-moi au courant de ce que tu entends de Daniel. Je vais faire un peu mes propres recherches.

CHAPITRE NEUF

Après mon déjeuner avec Zoé, je suis retournée à ma voiture, réfléchissant à ce que je devais faire. Il fallait que je règle ma situation professionnelle. Pourtant, je ne me sentais pas particulièrement motivée. Dieu sait pourquoi j'étais entrée dans la finance. C'était plutôt monotone et ennuyeux. Je savais que si je demandais autour de moi dans ma famille, je recevrais des offres de tous côtés. Tante Léa serait ravie de m'avoir à Potions & Cadeaux Méticuleux, et ma mère serait heureuse que je l'aide dans sa gestion immobilière. Notre famille possédait de nombreuses maisons et commerces en ville, tellement que ma mère avait fini par formaliser la gestion parce que c'était trop difficile autrement. Mais je n'étais pas tout à fait prête à me décider.

Sur un coup de tête, une fois arrivée à ma voiture, je m'en suis détournée et me suis dirigée vers l'esplanade de la ville, de l'autre côté de la rue. En franchissant l'entrée en fer forgé, j'ai jeté un regard autour de moi. L'esplanade elle-même faisait probablement environ 800 mètres carrés. C'était courant dans les petites villes de la Nouvelle-Angleterre. Elle était entourée de tous côtés par une clôture décorative en fer forgé avec des piliers en granit. Il y avait quatre entrées, une au centre de chaque côté, surmontée d'une arche. Le corbeau était un symbole de la ville, avec des corbeaux décoratifs installés à divers endroits dans l'esplanade.

Comme s'il avait été invoqué par ma seule pensée, un corbeau passa devant moi en croassant avant de se poser sur un banc de granit tout proche. Dans chaque coin se trouvait un petit jardin avec des bancs, des fleurs et des arbustes. De grands chênes et bouleaux étaient dispersés dans toute l'esplanade. En plein centre, surtout pour Noël en réalité, se dressait un immense sapin baumier. En respirant profondément, j'ai inhalé l'odeur fraîche du baumier. Cela me faisait penser à mon foyer, et un sentiment de soulagement m'a envahie.

Car quoi qu'il arrive, Charm Cove serait toujours chez moi. Mes pieds ont suivi le chemin d'ardoise qui serpentait à travers les parterres de fleurs qui seraient bientôt éclatants de couleurs. J'ai dépassé le baumier au centre pour me diriger vers le côté opposé où se trouvait le grand abreuvoir en granit. Il était large et peu profond. C'était d'autant plus surprenant qu'Alvin s'y soit réellement noyé. Il faisait peut-être 60 centimètres de profondeur, environ 1,80 mètre de long et 1,20 mètre de large. Il avait été fabriqué à une époque où tout était décoratif. Il était taillé dans un granit lavande, la douce teinte mauve paraissant plus vive sous la lumière du soleil. Le soleil scintillait sur l'eau.

Pour le moment, il n'y avait pas beaucoup de monde. Un couple était assis sur l'un des bancs dans un coin, savourant un café, et quelques enfants jouaient de l'autre côté, faisant des tours sur leurs tricycles.

C'était difficile à croire qu'Alvin était tombé ici et s'était noyé. D'un côté, l'idée qu'il ait simplement été ivre et qu'il ait trébuché sur le chemin du retour était une possibilité. Pourtant, il aurait facilement pu sortir sa tête de l'eau, à moins bien sûr qu'il n'ait perdu conscience dans sa chute, ou qu'il ait été simplement trop ivre.

Pivotant lentement en cercle, j'ai examiné les différents commerces entourant l'esplanade. Ils étaient présents de tous les côtés. Outre Potions & Cadeaux Méticuleux, il y avait plusieurs petites boutiques de souvenirs, quelques bijouteries, des galeries d'art, des boutiques de vêtements et des restaurants. Il y avait même une vieille imprimerie, réputée être le plus ancien commerce officiel de la ville. L'Encrier avait été fondé en 1710, bien avant la Guerre d'Indépendance. La même famille le dirigeait encore aujourd'hui. La famille Bishop était probablement la troisième plus puissante famille de sorciers de la région.

Ils s'étaient réfugiés ici pendant le pic de l'hystérie à Salem. À l'époque, ils étaient considérés comme assez progressistes. C'est pourquoi ils avaient fondé leur imprimerie. Elle envoyait des nouvelles dans toute la Nouvelle-Angleterre avec des pamphlets contre l'hystérie religieuse et puritaine du sud.

Il y avait aussi Esprits Enchantés, un bar très populaire et probablement fréquenté par Alvin. Mes yeux se sont à nouveau posés sur l'abreuvoir pour chevaux, ou plutôt la fontaine comme on l'appelait maintenant. J'ai passé mes doigts le long d'un de ses bords, me demandant si je pourrais capter une impression de ce qui avait pu se passer. Je n'ai rien ressenti de plus qu'un picotement dans mes doigts. Je ne pouvais m'empêcher de réfléchir au commentaire de Léa sur les pouvoirs de Mémé et la possibilité que j'en aie hérité une partie.

Avec un hochement de tête, je suis partie, avec l'intention de commencer une petite reconnaissance par le biais des commérages.

CHAPITRE DIX

Rentrant chez moi plus tard ce soir-là, j'ai failli sursauter quand, en ouvrant la porte de ma dépendance, Ghost m'est encore tombé sur la tête. Je me suis retournée pour l'observer alors qu'il traversait la pièce en trottinant. Il s'est installé sur son arrière-train, sa queue se balançant doucement d'un côté à l'autre. Il était vraiment magnifique avec sa fourrure si blanche qu'elle semblait presque luire. Ses yeux vert vif étaient actuellement fixés sur moi avec ce que je ne pouvais décrire que comme une expression courroucée.

— Hé, j'habite ici maintenant. On va devoir trouver un moyen de cohabiter en paix. Et la paix n'inclut pas que tu me sautes sur la tête chaque fois que je franchis la porte, ai-je expliqué.

La seule réponse de Ghost fut de continuer à agiter sa queue. Je me suis détournée, accrochant ma veste et jetant mes clés et mon sac sur une petite table près de la porte. Me dirigeant vers le réfrigérateur, je l'ai ouvert en soupirant quand j'ai réalisé qu'il était complètement vide.

Un rapide passage à l'épicerie s'imposait. Reprenant mes clés et remettant ma veste, je suis sortie. En peu de temps, j'ai fait le plein à l'épicerie. J'attendais à la caisse quand j'ai entendu mon nom. En me retournant, j'ai trouvé Isobel Martin derrière moi dans la file. Isobel ressemblait beaucoup à la dernière fois que je l'avais vue, avec ses cheveux bruns coupés au carré, peut-être avec un peu plus de gris. Elle avait toujours l'air d'avoir été surprise, avec ses yeux bruns grands et ronds.

— J'ai entendu dire que tu étais revenue, a dit Isobel en guise de salutation. C'est une bonne chose que tu sois là. Avec tout ce qui vient d'arriver à Alvin, au moins on sait que tu es innocente.

Adieu la conversation polie. Elle plongeait directement dans le possible meurtre de la ville. J'ai soupiré intérieurement. Isobel était d'une curiosité implacable. Sa famille faisait également partie du monde des sorcières, mais ils n'avaient pas la discipline nécessaire pour affiner leurs pouvoirs et devenir plus puissants.

J'ai réussi à afficher un sourire poli et j'ai essayé de maintenir la conversation sur un sujet plus banal. — Contente de te voir, Isobel. J'étais sur le point de commenter la météo quand il m'est venu à l'esprit que je pourrais peut-être glaner quelques ragots auprès d'elle.

J'ai décidé d'être aussi effrontée qu'elle l'avait été avec moi. — Qui penses-tu être le coupable ? ai-je demandé, m'orientant directement vers les commérages flagrants.

Les yeux d'Isobel se sont légèrement écarquillés, mais elle n'a pas hésité une seconde. — Oh, tu sais qui je pense être la coupable ? C'était Dolores Lewis. Tu aurais dû l'entendre lors de la réunion du conseil.

— Quelle réunion du conseil ?

— Oh, celle où ils ont annoncé les changements de zonage. Elle s'est déchaînée contre Alvin. Je veux dire, c'est comme si elle avait complètement perdu ses manières. Et tu sais comment elle est. Elle est un peu rustre sur les bords, si tu vois ce que je veux dire. Je ne serais absolument *pas* surprise qu'elle s'en soit prise à lui. Je ne comprenais même pas pourquoi elle était si contrariée. Je veux dire, ils ont une seule entreprise. Ils ne vont pas voir tant de changement que ça dans leurs impôts. Certains d'entre nous... enfin, on est bien plus durement touchés, a-t-elle dit avec un hochement de tête complice. Mais, hé, tu n'as rien entendu de moi, d'accord ?

— Oh, je ne dirais rien. J'étais juste curieuse. Je n'ai pas été très présente ces derniers temps, donc j'essaie juste de me mettre à jour. C'est un peu fou de rentrer chez soi au moment où les gens pensent qu'un meurtre vient de se produire, ai-je répondu, ravie de la facilité avec laquelle elle m'avait offert cette information.

Isobel a acquiescé puis a commencé à jacasser à propos de son club de jardinage. L'inconvénient de tenter de commérer : les gens voulaient vous raconter n'importe quoi et tout. Je suis partie peu après, réfléchissant à la façon d'en savoir plus sur Dolores Lewis. Elle était connue pour s'exprimer franchement lors des réunions municipales, mais pas pour perdre son sang-froid. Elle était définitivement sur la liste des « peut-être ».

Après avoir terminé mes courses, je suis rentrée pour trouver la porte d'entrée de la dépendance grande ouverte et aucune trace de Ghost.

— Ghost ! ai-je appelé vers les arbres à l'extérieur. La maison de mes parents était à proximité, mais pas trop près. Il n'y avait pas vraiment d'autres personnes aux alentours pour m'entendre. Cependant, cela ne changeait rien au fait que je me sentais plutôt ridicule à appeler Ghost dans les arbres. Seul le vent me répondit en sifflant. Le soleil se couchait au loin, ses rayons s'étendant vers l'océan, colorant le ciel de rouge et d'orange.

Me demandant si je devais laisser la porte ouverte pour Ghost ou non, je suis rentrée. Les soirées de printemps étaient fraîches dans le Maine. Je ne savais pas si Ghost était habitué à être dehors ou non. Ce n'était pas la première fois que j'étais un peu agacée que ma mère me l'ait légué. J'aimais bien les chats, c'était plutôt à quel point elle pouvait être présomptueuse. Bien que je n'aie passé qu'une nuit ici, j'appréciais en quelque sorte sa compagnie grincheuse.

J'ai décidé qu'un appel à ma mère s'imposait. — Une idée d'où pourrait être Ghost ? ai-je demandé dès qu'elle a décroché.

— Que s'est-il passé, ma chérie ?

— Je suis rentrée, la porte était ouverte et Ghost avait disparu, ai-je simplement expliqué.

Ma mère a doucement ri. — Ce Ghost. Il est brillant. L'étagère que tu as près de la porte lui permet d'ouvrir facilement la porte. Il saute et frappe la poignée avec ses pattes, juste assez pour l'entrouvrir. C'est probablement comme ça qu'il est sorti. Laisse juste une fenêtre ouverte, et il reviendra demain. Ne t'inquiète pas. Il est encore un peu sauvage.

— Compris. D'accord, si tu le vois, fais-le-moi savoir.

— Bien sûr. Comment s'est passée ta journée ?

— Bien, maman. Et la tienne ?

— Chargée. Fais-moi savoir si tu veux que je te trouve du travail avec la société immobilière.

— Je le ferai. Je réfléchis encore à mes options. Choisissant de ne pas lui donner l'occasion de s'étendre davantage, j'ai dit : — Je viens de rentrer avec des courses, alors je dois y aller.

Avec un hochement de tête, j'ai terminé mon appel et me suis préparé quelque chose à manger. La dépendance était silencieuse, bien plus silencieuse que ce à quoi j'avais été habituée ces dernières années à New York. Même quand on est tout seul dans un appartement là-bas, l'agitation et le bruit à l'extérieur sont toujours présents. Pas ici à Charm Cove. La paix et le calme n'étaient pas difficiles à trouver.

CHAPITRE ONZE

Je me suis endormie en laissant une fenêtre ouverte pour Ghost. Quand je me suis réveillée le lendemain matin, il n'y avait toujours aucune trace de lui. J'ai décidé d'aller en ville pour trouver ma mère et prendre un café quelque part.

Alors que je faisais la queue chez Magic Beans, j'ai sursauté quand quelqu'un a prononcé mon nom. En me retournant, j'ai découvert Liam qui se tenait dans l'encadrement de la porte du café avec Ghost dans ses bras. Il a légèrement relevé le menton, m'indiquant de le rejoindre puisqu'il ne pouvait pas faire entrer Ghost dans le café.

Quittant la file, je l'ai suivi dehors.

— Où as-tu trouvé Ghost ?

— Il s'est présenté chez moi hier soir. Je l'ai ramené à ta mère, mais elle m'a dit qu'il t'appartient maintenant, a-t-il expliqué simplement.

Un éclair d'agacement m'a traversée. Je savais exactement ce que ma mère manigançait. Je parierais que Ghost n'était même pas habitué à vivre à la maison d'hôtes. La connaissant, elle avait tout orchestré pour que Liam et moi nous croisions.

— Pourquoi serait-il chez toi ? Où loges-tu d'ailleurs ? ai-je demandé, entendant l'irritation dans ma voix.

Liam a paru confus un instant, puis son regard s'est éclairci.

— Tu ne savais pas que je louais l'ancienne cabane du gardien sur la propriété de tes parents ?

Oh, pour l'amour du ciel. Voilà à quel point ma mère était ridicule. Liam habitait à un jet de pierre de chez moi, et elle devait absolument, sans l'ombre d'un doute, savoir qu'il allait s'y installer avant même que je ne perde mon emploi et décide de rentrer à la maison.

Tandis que je restais là, il gardait le silence.

— Je suppose que tu n'étais pas au courant. Quand je t'ai vue il y a deux semaines, j'avais l'intention de te dire que j'allais séjourner là-bas. Je ne voulais pas que ça soit gênant pour toi.

Ma bouche s'est ouverte puis refermée, et j'ai senti mes joues s'échauffer.

— Gênant, pourquoi ce serait gênant ? ai-je dit, juste pour le provoquer.

Échec total. Liam s'est contenté d'arquer un sourcil.

Il n'y avait aucune raison que cela pose problème. Charm Cove était petit, peu importe comment on le voyait. Ça ne devait pas avoir la moindre importance que Liam se trouve à trois minutes de l'endroit où je logeais.

Semblant réaliser que je n'arrivais pas à formuler d'autres mots, il a poursuivi :

— Veux-tu que je le dépose à la maison d'hôtes pour toi ? Ce n'est pas un détour pour moi.

J'ai regardé Ghost qui se prélassait dans les bras de Liam.

— Je peux le prendre, ai-je proposé.

— Il devient un peu fou en voiture, a prévenu Liam.

— Je suis sûre que je peux le gérer.

J'ai tendu les bras vers Ghost, mais il s'est blotti plus profondément contre la poitrine de Liam. Liam a essayé de me passer Ghost, mais celui-ci n'en voulait pas et a planté ses griffes dans la veste en jean de Liam, s'accrochant fermement.

Liam a ri doucement.

— Je suppose que je vais simplement le déposer, alors.

Ça ne me semblait pas correct de laisser Liam emmener Ghost à la maison d'hôtes sans moi, pas comme ça.

— Je vais te suivre, ai-je dit rapidement. Comme ça, je pourrai m'assurer que tout est bien fermé avant de partir cette fois. Et si je nous prenais des cafés avant qu'on y aille ?

Les yeux bleu glacier de Liam ont retenu les miens quelques secondes avant qu'il ne hoche la tête.

— Noir, s'il te plaît. Sans sucre ni crème.

Je savais parfaitement qu'il aimait son café noir. Ça m'agaçait presque qu'il sente le besoin de me le rappeler. Mais je n'allais pas le dire à haute voix.

— Bien sûr. Je te retrouve là-bas dans quelques minutes.

En un rien de temps, j'avais deux cafés à emporter et je me garais de nouveau devant la maison d'hôtes. Liam conduisait un pickup noir rutilant. Évidemment. Je me suis brièvement demandé pourquoi il avait choisi de revenir à Charm Cove. Bien que j'aie essayé d'ignorer les ragots sur son mariage, je savais qu'il dirigeait une filiale de l'entreprise d'investissement de sa famille à Boston. Tout comme les Wicked, les Good avaient des tentacules étendus dans toute la Nouvelle-Angleterre en matière d'argent et d'affaires.

Liam se tenait près de la porte avec Ghost toujours dans ses bras. Je n'ai pas dit un mot quand je les ai rejoints. J'ai simplement déverrouillé la porte et les ai laissés entrer. Ghost a finalement sauté des bras de Liam, courant droit vers le coin où il y avait un bol de nourriture et d'eau. Ma mère avait laissé des provisions pour Ghost. Bien sûr, elle n'avait pas rempli le réfrigérateur pour moi, mais il n'y avait aucun jeu à faire avec ça.

Liam est resté silencieux un moment, glissant ses mains dans ses poches et se balançant sur ses talons.

— Alors, tu es là pour rester ? a-t-il finalement demandé.

— Je ne suis pas sûre. Et toi ?

Il a hoché la tête.

— Oui, je reste.

Il n'avait jamais été très bavard, ce qui me rendait parfois folle. Après l'incident où j'avais accidentellement incendié un bâtiment, nous n'avions pas beaucoup parlé. Maintenant, je ressentais le besoin de clarifier les choses de quelque façon que ce soit.

— Écoute, je sais que je me suis déjà excusée, mais j'aimerais le redire. J'étais jeune et stupide. Je n'ai jamais voulu...

Liam a secoué brusquement la tête. Dès que mes paroles se sont estompées, il a parlé.

— C'est du passé. Personne n'a été blessé. J'ai fait des erreurs par la suite, notamment en épousant Vanessa. Si je suis honnête, j'étais en colère contre toi et je pensais pouvoir prouver à tout le monde que notre destin n'était pas ce que tout le monde croyait. Je n'en suis toujours pas sûr, mais j'ai assez de bon sens pour savoir qu'il n'est pas judicieux d'épouser quelqu'un d'autre juste pour prouver quelque chose.

Réduite au silence par la stupéfaction, tout ce que je pouvais faire était de le regarder fixement. Après un moment, je me suis mentalement secouée.

— Eh bien, je suppose que nous avons tous les deux fait des choses insensées. Je l'ai certainement fait. J'espère que tu vas bien maintenant. Je ne veux que le meilleur pour toi. Évidemment.

Il a hoché la tête, ses yeux ne déviant jamais des miens. J'avais l'impression qu'il pouvait voir à travers moi. Je me sentais nerveuse à l'intérieur et mal à l'aise sous la chaleur de son regard. Je me suis détournée brusquement, marchant sans repos vers les fenêtres et vérifiant Ghost.

— Eh bien, nous ne sommes pas beaucoup plus âgés, mais on dirait que nous sommes tous les deux un peu plus sages, ai-je ajouté. Je ne pouvais pas dire à voix haute ce que je pensais vraiment, à savoir qu'il était fou qu'il n'y ait qu'un seul homme qui m'affecte comme il le faisait. J'avais essayé de sortir avec d'autres, mais ça ne semblait jamais juste. Je supposais que la partie la plus difficile était que j'avais l'impression de cacher quelque chose d'important tout le temps.

Ce n'était pas vraiment cool de simplement dire *Hé, je suis une sorcière. Ne t'inquiète pas pour ça, cependant. Je n'ai raté un sort qu'une seule fois.* Bien sûr, il n'était pas nécessaire de dire une telle chose à Liam. Pourtant, en dehors des limites de Charm Cove, les rencontres étaient comme marcher dans un champ de mines en essayant d'éviter de tomber accidentellement sur la magie et sur qui j'étais vraiment.

Je me suis forcée à prendre une profonde inspiration et à me retourner pour faire face à Liam.

— Je suis contente que tu sois de retour si c'est ici que tu veux être.

Il a hoché la tête, ses yeux m'évaluant.

— Je suppose que tu es aussi rentrée pour de bon.

— Pourquoi dis-tu ça ?

— Parce que je sais ce que c'est d'essayer de vivre loin d'ici. Ce n'est pas si facile. Crois-moi, il y a plein de choses qui me rendent fou ici. Comme nous nous en plaignions tout le temps. Mais ça ne change pas qui nous sommes.

CHAPITRE DOUZE

Le lendemain soir, je remontai l'allée en ardoise menant à la maison de mes parents. Ma mère m'avait invitée, ou plutôt exigé que je vienne, dîner avec elle et Tante Lea. Mon père était à Boston pour affaires, et elle invitait souvent des amis et de la famille quand il n'était pas là. En fait, elle recevait constamment du monde. C'était simplement que mon père réclamait parfois un peu de paix et de tranquillité. J'adorais mon père, mais il était sans aucun doute le membre le plus discret de notre famille.

La maison de mon enfance était située sur une falaise surplombant l'eau. Charm Cove et son petit port étaient parfaitement visibles depuis la maison. C'était une ancienne demeure de style colonial construite dans les années 1700. Elle avait été modernisée au fil des ans et arborait maintenant un revêtement vert sauge avec un toit en acier inoxydable rouge cerise. Ce toit éclatant rendait la maison impossible à manquer de loin.

Je franchis l'entrée principale pour pénétrer dans un grand vestibule. Un escalier incurvé avec une magnifique rampe longeait le mur d'un côté. Glisser le long de cette rampe avait été l'une de mes activités préférées durant mon enfance. Les escaliers menaient à un couloir desservant des chambres et une nurserie. D'un côté du vestibule se trouvait une immense cuisine et une salle à manger. Un salon d'apparat et un petit boudoir se trouvaient de l'autre côté. L'intérieur de la maison avait également été modernisé, bien que l'aspect classique ait été préservé. Des parquets en châtaignier parcouraient toute la maison, polis jusqu'à briller après plusieurs siècles de cirage. Des fenêtres si hautes qu'on pouvait s'y tenir debout bordaient chaque mur. Les murs étaient peints en gris tourterelle avec des couleurs pastel en accent dans toute la maison.

Suivant le son des voix jusqu'à la cuisine, je trouvai ma mère aux fourneaux et Tante Lea assise sur un tabouret près du comptoir, sirotant un verre de vin. Deux de mes jeunes cousines, les filles adolescentes de Tante Lea, étaient assises à une petite table dans le coin, jouant aux cartes. Celia et Delia étaient des jumelles identiques et pleines de malice.

La cuisine était l'un de mes endroits préférés dans la maison, ne serait-ce que parce que j'y avais passé tant de temps en grandissant. Il y avait un immense îlot au centre de la pièce. À l'origine, ce n'était qu'un simple plan de travail, mais ma mère l'avait modernisé avec un magnifique comptoir en carrelage bleu et y avait déplacé la cuisinière. Des tabourets étaient disposés tout autour.

Contre le mur derrière le comptoir se trouvait un four à bois, toujours en service. Ma mère jurait ses grands dieux qu'elle cuisinait mieux dedans. Bien qu'elle ait également fait installer un four à propane classique de l'autre côté de l'évier. Un évier en ardoise à l'ancienne était situé entre les deux fours, avec une large fenêtre double derrière, offrant une vue splendide sur la pelouse arrière et la crique au loin.

— Bonjour, ma chérie, m'appela ma mère lorsque j'entrai dans la cuisine. Elle remuait quelque chose dans une énorme marmite sur la cuisinière.

Tante Lea se leva, m'enveloppant dans l'une de ses étreintes. — Si heureuse que tu sois rentrée, Moira.

Je commençais à me demander si elle me dirait cela chaque fois qu'elle me verrait désormais, même si elle savait que je n'avais pas encore pris de décision définitive quant à mon installation au-delà du court terme.

— Salut, Tante Lea, répondis-je, en lui donnant une étreinte et un bisou sur la joue.

Me débarrassant de ma veste, je l'accrochai au dossier d'un des tabourets près du comptoir et me glissai sur le siège. J'acceptai avec plaisir le verre de vin que Tante Lea me versa, jetant un coup d'œil à ma mère. — Qu'est-ce que tu prépares ?

— Une soupe de palourdes.

J'aperçus une autre marmite qui mijotait en arrière-plan et supposai qu'il s'agissait d'une des concoctions de ma mère. Elle préparait toujours quelque chose. — Et ça ? demandai-je, désignant cette direction d'un mouvement du menton.

Ma mère m'adressa un sourire. — Juste un remède pour les maux de dos. Rien de plus.

Je lançai un salut à Celia et Delia. Elles se tournèrent ensemble, affichant des sourires à l'unisson. Elles se ressemblaient tellement que personne en dehors de notre famille ne pouvait les distinguer. Elles avaient hérité de leurs cheveux noirs et brillants de mon côté de la famille, et de leurs yeux bleus de leur père. Après m'avoir dit bonjour, elles retournèrent immédiatement à leur jeu de cartes.

Je me tournai vers Tante Lea, prenant une gorgée de vin. — Alors, comment vont les filles ? Je vois qu'elles travaillent au magasin maintenant.

Elle hocha la tête. — Bien sûr. C'est la meilleure façon pour elles d'apprendre. Bien que, je te jure, elles font des bêtises tout le temps. Si quelqu'un doit nous attirer des ennuis ici, ce sera bien elles. Elles ont lancé un sort de fou rire sur Isobel Martin la semaine dernière quand elle est passée.

Je pouffai. — Je suis sûre qu'elles ont trouvé ça drôle.

Tante Lea leva les yeux au ciel. — Bien sûr qu'elles l'ont trouvé drôle. Je n'aurais jamais pensé que deux personnes pourraient faire plus de bêtises que toi et leur sœur aînée, mais ces deux-là battent tous les records. Je suppose que c'est parce qu'elles sont jumelles.

— Peut-être, bien que la plupart des adolescents de treize ans fassent des bêtises d'une sorte ou d'une autre.

— C'est vrai, mais la plupart des adolescents de treize ans ne sont pas des sorcières, ajouta ma mère d'un ton sec.

Comme c'était toujours le cas avec Tante Lea et ma mère, elles n'hésitèrent pas à aborder directement ce dont elles voulaient parler. — Alors, as-tu entendu quelque chose ? demanda Tante Lea.

— Laisse-moi deviner, tu me demandes à propos d'Alvin, répondis-je.

Ma mère afficha un autre sourire en éteignant le brûleur. — Mais bien sûr.

— Pas grand-chose. Bien que j'aie croisé Isobel à l'épicerie l'autre soir. Elle pense que ça pourrait être Dolores Lewis. Elle a dit que Dolores était furieuse lors de la dernière réunion du conseil d'urbanisme, celle où ils ont annoncé les changements de zonage. Est-ce que l'une de vous deux y était ?

Ma mère prit la bouteille de vin et se servit un verre en secouant la tête. Son verre à la main, elle se tourna pour vérifier ce qui devait être du pain frais dans le four. L'arôme céleste se répandit dans la cuisine quand elle ouvrit le four. Je ne pus m'empêcher de prendre une profonde inspiration, savourant l'odeur du pain fraîchement cuit et la subtile note de fumée de bois.

— Lea y était, commenta ma mère. Sortant le pain du four, elle jeta un coup d'œil par-dessus son épaule. — Tu te posais la même question, n'est-ce pas ?

Tante Lea finit une gorgée de son vin. — Eh bien, Dolores était certainement en colère, donc c'était ma première pensée. Mais ensuite Jacob a mentionné qu'il avait détecté un sort. J'ai réfléchi un peu plus à Dolores, et je ne suis pas sûre que ça veuille dire grand-chose quand elle s'énerve. Elle fait un scandale à chacune de ces réunions du conseil, peu importe le sujet. À chaque fois, elle est contrariée par quelque chose. Donc, c'est vrai qu'elle était énervée. Je ne sais simplement pas si cela signifie plus que cela. Je veux dire, ma parole, si c'était le cas, elle aurait déjà tué tous les membres du conseil d'urbanisme et tous les Conseillers municipaux, dit-elle avec un haussement d'épaules élégant.

Ma mère posa deux miches de pain frais sur une planche à découper en bois. — C'est vrai pour Dolores. Tu vas à ces réunions plus souvent que moi. La dernière à laquelle j'ai assisté il y a quelques mois concernait le financement de la bibliothèque. Elle était furieuse à ce sujet aussi. Mais aucun membre du conseil de planification de la bibliothèque ne s'est retrouvé noyé dans la fontaine.

Regardant entre elles, je m'arrêtai pour prendre une gorgée de vin. — Eh bien, qui d'autre était contrarié par les changements de zonage alors ?

Ma mère jeta un coup d'œil aux jumelles avant de commencer à trancher le pain. — Les filles, le dîner est prêt. Vous n'avez pas besoin de nous rejoindre. Vous pouvez continuer à jouer aux cartes.

Un autre problème avec les jumelles était qu'elles étaient pourries gâtées. Pour ma génération de cousins, elles étaient les plus jeunes. Elles avaient été une surprise pour Tante Lea et Oncle Jacob. Nous étions tous déjà adolescents quand elles sont nées. Cela avait créé l'effet secondaire involontaire que nos parents collectifs étaient exaspérés par tous leurs adolescents et heureux d'avoir une adorable paire de jumelles à choyer.

Maintenant, elles étaient doublement diaboliques comme adolescentes. Elles se levèrent de la table, se précipitant vers le comptoir. Ma mère versa de la soupe de palourdes dans des bols pour elles et leur donna des tranches de pain fraîchement cuit avant de les renvoyer à la table dans le coin.

Une fois que Celia et Delia furent de nouveau concentrées sur leur jeu de cartes, ma mère nous servit le reste d'entre nous, et nous nous installâmes pour manger. Savourant une bouchée de soupe de palourdes, je regardai entre ma mère et Tante Lea, reprenant le fil de notre conversation. — Alors, qui d'autre était en colère ? Il est logique que ce soit le point de départ.

Après avoir terminé une bouchée, ma mère posa sa cuillère et tambourina des doigts sur la table. — Eh bien, les Ouellette étaient assez contrariés. La moitié de la famille était à la réunion du conseil d'urbanisme d'après ce que j'ai entendu.

— Oh, tu veux dire les Ouellette qui possèdent l'exploitation forestière juste après le centre-ville ?

Tante Lea acquiesça. — Oh oui. Ils étaient plutôt mécontents. Principalement parce qu'ils possèdent tellement de terres. Quoi qu'il en soit, et je l'ai dit à la réunion d'urbanisme, ils s'en tirent avec une facture d'impôts ridiculement basse depuis des années. Leur propriété aurait dû être classée comme zone d'entreprise il y a environ deux siècles, dit-elle avec un reniflement.

Je ne pus m'empêcher de rire. — Même ainsi, cela ne signifie pas qu'ils seront ravis de voir leurs impôts augmenter d'un tiers. Je ne me souviens plus. Ils ne sont pas une famille de sorciers, n'est-ce pas ? Ils sont là depuis toujours.

Ma mère secoua rapidement la tête. — Certainement pas. Ils sont à Charm Cove depuis très longtemps, mais ils n'ont aucun pouvoir.

Tante Lea ajouta : — Il est juste de dire qu'ils sont là depuis assez longtemps pour savoir qui a des pouvoirs. Ils ont toujours été un peu jaloux et amers à ce sujet. Je veux dire, ils sont toujours heureux de monter dans le train des rumeurs quand il y a eu des problèmes entre nous et les Goods.

Elle marquait un point. Les Ouellette étaient une grande famille et souvent au cœur de tout ce qui se passait en ville, heureux de colporter des rumeurs et de faire circuler des commérages.

Les jumelles appelèrent depuis la table à l'unisson, nous rappelant qu'elles étaient très attentives. — N'oubliez pas, nous sommes aussi des Goods.

Tante Lea regarda par-dessus son épaule. — Bien sûr que vous l'êtes. Vous êtes aussi des Wickeds et n'oubliez pas d'où viennent vos pouvoirs.

À ce jour, je ne savais pas si c'était vrai, mais la légende voulait que tous les pouvoirs soient hérités par la lignée maternelle. Ainsi, bien que les hommes puissent devenir et devenaient effectivement des sorciers très puissants, ils ne pouvaient le faire que si leur mère était une sorcière. Dans cette veine, les jumelles hériteraient de tous leurs pouvoirs de Tante Lea, plutôt que de leur père sorcier.

Les jumelles se contentèrent de sourire et retournèrent directement à leurs cartes.

— Eh bien, puisque tu as les doigts dans pratiquement toutes les propriétés de la ville, il serait logique que tu te renseignes sur les Ouellette. Pendant ce temps, même si nous ne pensons pas que Dolores ait quelque chose à voir avec ça, autant vérifier. Je demanderai à Zoé ce que Daniel sait et j'aviserai à partir de là, dis-je avec un hochement de tête vers ma mère.

— Parfait, dit ma mère avant de plonger dans sa soupe. La conversation continua, et quelque part en chemin, le sujet absolument prévisible de mes projets arriva. J'aurais été prête à parier de l'argent – beaucoup d'argent – qu'elles ne se tairaient pas à ce sujet jusqu'à ce que je promette mon amour éternel à Liam et jure sur mon âme que je ne quitterais jamais Charm Cove.

— Alors, tu as décidé ? demanda ma mère.

— Décidé quoi ? répliquai-je, choisissant de la taquiner un peu en faisant l'idiote.

Tante Lea leva les yeux au ciel. — Tu sais exactement ce que ta mère te demande.

— Eh bien, je suis là pour l'instant. Donc mon plan est que je suis là pour l'instant.

— Qu'est-ce que tu vas faire comme travail ? demanda ensuite ma mère, nullement découragée par ma réponse vague.

— J'explore quelques options à Boston.

Le silence s'abattit. Le son des jumelles jouant aux cartes et se taquinant mutuellement nous parvint.

Ma mère plissa les yeux. — Ne sois pas ridicule. Tu essaies de renier ton héritage.

— Maman, lâche-moi un peu, d'accord ? Une chose que j'ai apprise après quelques années loin d'ici, c'est que je ne peux pas prétendre que je ne suis pas une sorcière. C'est comme vivre un énorme mensonge. Donc je ne vais plus faire ça. Ce serait bien, si je décide de rester ici, que tout le monde ne s'immisce pas dans ma vie tous les jours. En parlant de ça, vous auriez pu me dire que Liam logeait dans l'autre maison sur la propriété. Ghost n'arrête pas de courir chez lui.

Un sourire malicieux s'étira sur le visage de Tante Lea. — Bien sûr qu'il le fait. C'est là que Ghost vivait avant.

— Avec qui ?

— Il y avait un jeune couple qui a loué cet endroit pendant un moment. Ils se sont séparés et ne voulaient pas prendre le chat avec eux. Donc, j'ai proposé de le garder. Il a l'habitude de rester dans l'ancienne maison du gardien, c'est pourquoi il continue probablement d'y aller. Pourquoi est-ce important que Liam soit à proximité ? Ce ne sera pas très différent s'il est de l'autre côté de la ville. Ce n'est qu'à dix minutes. Il avait besoin d'un endroit où séjourner pour un moment, et je lui rends simplement service, expliqua ma mère avec magnanimité.

Un service ? Bah. Je me mordis la langue pour ne pas éclater de rire.

— D'accord. Peu importe. Si vous voulez que je reste en ville, vous devez promettre de garder votre magie hors de tout ce qui se passe entre Liam et moi.

Tante Lea et ma mère échangèrent un regard. — Très bien, dirent-elles ensemble.

— En parlant de magie, j'ai fait une promenade près de la fontaine l'autre jour. Votre idée ridicule selon laquelle j'aurais une partie des pouvoirs de Mémé ne semble pas probable. Tout ce que j'ai ressenti était un picotement dans le bout des doigts. Je pourrais attribuer cela au fait que le granit était froid.

Tante Lea soupira, assez dramatiquement. Parce qu'elle adorait soupirer de façon dramatique. — Et alors ? Mémé a mis des années à développer ses pouvoirs. Ne sois pas si impatiente. Tu penses que tout vient facilement. Ce n'est pas le cas. Mais ne nous inquiétons pas de cela pour l'instant. Voyons ce que tu vas faire comme travail.

CHAPITRE TREIZE

L'après-midi suivant, je me retrouvai à la boutique Potions & Cadeaux Persnickety. J'avais accepté à contrecœur de tenir la boutique pour l'après-midi car Tante Lea avait rendez-vous chez le médecin. Celia et Delia étaient là, soi-disant pour m'aider. J'avais découvert pendant la seule heure que j'avais passée ici qu'elles étaient excellentes avec les clients, mais qu'autrement, elles passaient leur temps à se taquiner, à pianoter sur leurs smartphones et, en gros, à ne rien faire de constructif.

— Si vous cherchez quelque chose pour améliorer votre mariage, vous pourriez essayer ceci, proposai-je à la femme sympathique qui se tenait devant moi près du comptoir.

Elle était entrée en annonçant qu'elle craignait que son mari ait une liaison. Elle affirmait avoir parlé à une autre femme qui avait visité Charm Cove et qui jurait connaître une potion particulière à cet effet. Je compatissais car elle semblait si sincère. Elle paraissait avoir une trentaine d'années, avec des cheveux bruns brillants coupés au carré, une silhouette élancée, et de grands yeux bruns assortis à ses cheveux. Elle portait un jean, des ballerines noires et un chemisier bleu clair. Je supposai qu'elle venait d'une des grandes villes. Elle était remarquablement sincère et visiblement blessée par ses inquiétudes concernant son mari. J'avais envie de lui faire remarquer que ça ne valait peut-être pas la peine de faire des efforts s'il était du genre à la tromper, mais ce n'était pas mon rôle.

Mon rôle était plutôt de lui proposer un remède intitulé *Améliorez Votre Mariage*. J'aurais aimé plaisanter. Mais... eh bien, pas vraiment.

En lui tendant le petit flacon bleu avec son étiquette décorative, j'attendis. Elle le tourna entre ses mains, lisant attentivement la description. Je devais me mordre la langue pour ne pas rire chaque fois que mes yeux se posaient sur l'étiquette, alors je détournai le regard. Quand Tante Lea avait pris en charge cette entreprise familiale, elle avait tout changé pour adopter des noms d'une évidence flagrante. Désormais, nos remèdes portaient des titres comme : *Améliorez Votre Mariage, Arrêtez les Douleurs Articulaires, Sentez Meilleur*. Mon préféré : *Vous Êtes en Colère Contre Quelqu'un ? Brisez Cette Bouteille*.

Bien que beaucoup de gens fussent amusés par les noms, ils se vendaient comme des petits pains. La femme sympathique décida d'acheter le remède, puis flâna vers le coin éloigné pour regarder des bijoux. Quelques autres clients déambulaient dans la boutique quand j'entendis quelque chose se briser. Celia passa précipitamment devant moi pour rejoindre l'arrière-boutique, étouffant un rire avec sa main. Je sus instantanément qu'elle avait fait des siennes. Je poussai la porte arrière pour les trouver, elle et Delia, adossées aux étagères. Elles riaient si fort qu'elles avaient du mal à reprendre leur souffle.

— D'accord, les filles, qu'avez-vous fait ? Je n'ai pas le temps de rester ici, alors avouez vite, dis-je sévèrement.

Delia, qui semblait être la plus responsable des deux, croisa finalement mon regard en ravalant son rire. — Oh, c'est Mme Smitty. Elle est tellement agaçante. Elle était mon professeur l'année dernière, et je ne pouvais pas la supporter. Alors on a lancé un sort de brisure.

En les fixant, je secouai simplement la tête avant de retourner à l'avant. D'un rapide mouvement du poignet, je redirigeai leur sort.

Vers elles.

En quelques secondes, Celia accourut de l'arrière-boutique juste au moment où j'entendis quelque chose se briser et tomber sur le sol.

— Qu'est-ce que tu as fait ? chuchota-t-elle urgemment à mon oreille.

— Attention à ce que vous souhaitez, répondis-je avec un sourire.

Je soupçonnais qu'elles ne savaient pas encore comment rediriger des sorts comme celui-là. Dans l'ensemble, la redirection ne pouvait être effectuée qu'avec des petits sorts et par une sorcière ou un sorcier plus puissant que celui qui avait lancé le sort originel. Delia sortit de l'arrière-boutique pour me chuchoter à l'autre épaule. — On est désolées. Je promets qu'on ne recommencera pas.

Regardant entre elles deux, je restai silencieuse un moment. — Vous êtes sûres ?

À leurs hochements de tête sincères, je levai les yeux au ciel et me détournai. D'un autre mouvement du poignet, j'éliminai complètement le sort. Même si elles n'étaient que l'incarnation du méfait, j'éprouvais une certaine empathie. Tout ce que je voulais faire quand j'étais adolescente, c'était essayer des sorts idiots. C'était principalement inoffensif, mais il fallait quand même y mettre un frein. Avec les deux ensemble, je ne pouvais qu'imaginer combien de bêtises elles pouvaient réaliser.

— Aidez les clients, s'il vous plaît, dis-je. Je dois équilibrer la caisse et m'occuper de quelques commandes en ligne.

Les filles quittèrent docilement le comptoir. Bien que je n'admettrais jamais que j'aimais travailler dans le commerce de détail, j'appréciais être de retour à Potions & Cadeaux Persnickety. C'était un endroit réconfortant pour moi et assez facile à gérer. L'après-midi passa assez rapidement.

Après avoir traité les commandes en ligne et les avoir préparées pour l'expédition, j'étais de retour derrière le comptoir, tandis que les filles discutaient avec les clients. Le soleil se couchait dehors, ses doux rayons traversant les fenêtres de la boutique. En regardant dehors, je pris une profonde respiration et appréciai la vue familière. Charm Cove était vraiment charmant. La place du village était illuminée par le soleil couchant, le ciel comme une aquarelle en arrière-plan. Les pittoresques maisons et boutiques historiques étaient magnifiques.

À l'approche de l'heure de fermeture, les jumelles furent efficaces pour tout préparer. Après le départ du dernier client et une fois que j'eus verrouillé la porte, nous nous affairâmes à équilibrer la caisse de la journée et à ranger. C'est alors qu'un éclair de lumière aveuglante traversa les fenêtres avant. La lumière frappa la vitrine au centre de la boutique, qui contenait plusieurs objets de famille, notamment un ancien médaillon contenant une mèche de cheveux. À l'insu des touristes qui passaient devant tous les jours, la vitrine dans laquelle les objets étaient conservés était protégée par un sort.

Lorsque l'éclair frappa la vitrine, il brisa le verre et toucha le centre du médaillon, envoyant un panache de fumée dans l'air. Les jumelles et moi restâmes figées, nous regardant les unes les autres. Je me précipitai de derrière le comptoir directement vers la vitrine. En regardant dans l'amas de verre brisé, il était clair que tout ce qui s'y trouvait était intact à l'exception du médaillon. Son boîtier était roussi et fumait encore.

Je me retournai vivement, en appelant les jumelles. — Restez ici.

Déverrouillant rapidement la porte d'entrée, je sortis sur le trottoir, regardant autour de moi. Il y avait beaucoup de gens qui marchaient le long des trottoirs, des touristes flânant encore autour des boutiques et des restaurants. Personne ne semblait prêter attention à notre magasin, du moins pas que je puisse voir.

Au moment où j'allais rentrer, je vis Liam tourner au coin. Son regard croisa le mien. Il allongea le pas et atteignit rapidement mes côtés. — Tout va bien ? demanda-t-il.

J'avais peut-être des sentiments mitigés à propos de Liam, mais je lui faisais confiance. — Entre, dis-je, glissant rapidement ma main sous son coude et le tirant par la porte dans le magasin. Verrouillant derrière nous, je pointai vers la vitrine brisée au centre de la pièce.

Ses yeux s'écarquillèrent. — Que s'est-il passé ?

Celia commença immédiatement à bavarder. — Il y a eu un éclair, directement à travers la fenêtre avant. La vitrine s'est brisée et...

Delia donna un coup de coude à Celia, et ses paroles s'estompèrent.

Liam s'approcha de la vitrine, regardant en bas. Ses yeux rencontrèrent les miens lorsqu'il leva le regard quand j'atteignis son côté. Il ne dit rien. Je supposai qu'il se retenait, ne serait-ce que parce que les jumelles étaient là.

Ma famille n'était pas du genre à garder des secrets entre nous, alors je savais parfaitement que les jumelles connaissaient le pouvoir de chaque objet contenu dans cette vitrine. Mais je ne voulais pas les effrayer. — Les filles, qui est censé venir vous chercher ce soir ?

— Emma, répondirent-elles à l'unisson, faisant référence à leur sœur aînée et ma cousine, celle-là même avec qui j'avais souvent fait des bêtises quand nous grandissions.

— Je l'appelle pour lui demander de venir vous chercher maintenant. J'appelai rapidement Emma qui dit qu'elle se garait déjà dehors.

En moins d'une minute, elle frappait à la porte d'entrée. Passant à l'arrière avec elle, j'expliquai rapidement ce qui s'était passé.

Emma me fixa, sa bouche s'ouvrant avant qu'elle ne la referme brusquement. — Juste ce dont notre famille a besoin. Maman va péter un câble à propos de la vitrine. Elle a été protégée pendant des décennies, et il n'y a jamais eu de problème. Entre les rumeurs sur Alvin et maintenant ça, quelque chose ne va pas, dit-elle avec un soupir.

— À qui le dis-tu, répondis-je rapidement. Je ne veux pas effrayer les filles, alors j'ai pensé qu'il valait mieux les faire sortir d'ici.

Emma acquiesça, repoussant une mèche de cheveux foncés de sa joue. Comme ses sœurs, elle avait des cheveux presque noirs et des yeux bleus. — Ça me paraît bien. J'appellerai mon père en sortant, pour qu'il te rejoigne ici.

En quelques minutes, Emma était partie avec les jumelles, et Oncle Jacob entrait à grands pas par la porte d'entrée. Jacob était grand et imposant avec des cheveux argentés et des yeux bleu vif. Il se tenait avec un air d'autorité, frémissant presque de puissance. Pour sa génération, il était considéré comme l'un des sorciers les plus puissants de la Nouvelle-Angleterre. À part mon propre père, aucun autre n'était même considéré dans sa catégorie.

Cela peut sembler cool, mais la plupart du temps, c'était agaçant. Les sorciers se prenaient très au sérieux. C'était une plainte fréquente parmi les sorcières. Un sorcier ne pouvait hériter de son pouvoir que d'une sorcière, pourtant une fois qu'ils apprenaient à utiliser leurs pouvoirs, ils devenaient tous très irritants à ce sujet. Bref, je m'égare.

Jacob regarda entre Liam et moi, toujours debout devant la vitrine brisée. — Dites-moi ce que vous avez vu, dit-il, sans même prendre la peine de dire bonjour.

Pour appuyer mon propos, ils pouvaient être un peu hautains.

Je répétai la même série d'événements que j'avais déjà racontée à Liam et Emma.

— As-tu vu quelqu'un ou quelque chose de suspect quand tu as vérifié dehors ?

Comme si j'aurais négligé de le mentionner si c'était le cas. Je gardai mes pensées pour moi pour le moment. On m'avait autrefois connue pour avoir une langue bien pendue. Je me disais que je devais me mordre la langue un peu plus jusqu'à ce que tout le monde se remette de mon retour en ville. Restait à voir combien de temps je pourrais tenir sans créer des traces de dérapage permanentes sur ma langue.

Souriant crispée, je secouai la tête. — Rien que j'aie remarqué. Je l'aurais mentionné si c'était le cas.

Jacob se contenta d'acquiescer, tournant sur lui-même et marchant en ligne droite de la vitrine à l'endroit où la lumière était entrée par la fenêtre principale. Il resta immobile devant la fenêtre, levant une main et tenant sa paume face à la fenêtre. Après un moment, il se retourna.

— Non pas que tu aies pensé que c'était un accident, mais ce n'en était certainement pas un. Donne-moi quelques minutes.

Il revint se tenir devant la vitrine brisée. Alors qu'il commençait à tendre la main à l'intérieur, il me regarda. — Ça te dérange si je prends ça ?

Je secouai rapidement la tête. — Bien sûr que non.

Jacob souleva soigneusement le médaillon roussi. Le tenant dans ses deux mains, il ferma les yeux. Après un autre moment, ses yeux s'ouvrirent et il replaça soigneusement le médaillon parmi les débris de la vitrine brisée.

— Eh bien, je suis presque certain qu'un des Bishop a lancé ce sort. Il porte des traces de leur magie. La question est : pourquoi ?

Quelle perspicacité !

Je gardai cette petite pensée pour moi-même.

CHAPITRE QUATORZE

Le lendemain soir, après avoir réussi à supporter un autre dîner avec ma mère et Tante Léa, je suis retournée dans ma dépendance. Je m'étais habituée à voir Ghost me tomber presque sur la tête quand je franchissais la porte. C'était apparemment sa façon de m'accueillir.

Après qu'il se soit remis sur ses pattes, je lui ai caressé le dos avant qu'il ne bondisse à nouveau sur son perchoir d'étagère. — Ghost, laisse-moi te dire. Tout le monde devient fou. D'une manière ou d'une autre, Maman et Tante Léa sont convaincues que ce qui s'est passé hier a quelque chose à voir avec le meurtre d'Alvin. Si c'était même un meurtre, ai-je dit sur un ton de conversation, comme si Ghost pouvait me comprendre.

Je ne doutais pas qu'il y avait quelque chose de louche autour de la mort d'Alvin, mais je n'étais pas prête à parler de meurtre. Quand j'ai levé les yeux vers Ghost, sa seule réponse fut un frétillement de sa queue qui pendait de la petite étagère.

Contournant le comptoir, j'ai sorti une bouteille de vin rouge du placard et je me suis servi un verre. Au moment où j'allais m'asseoir près du comptoir, j'ai entendu frapper à la porte. Laissant mon vin sur le comptoir, je suis retournée à la porte. En l'ouvrant, j'ai trouvé Liam de l'autre côté.

Autant je n'aimais pas l'admettre, dès que je l'ai vu, mon cœur a fait un petit bond. Était-il obligé d'être aussi ridiculement beau ? Cela rendait beaucoup plus difficile de me convaincre que je n'étais plus intéressée par lui.

— Salut, Liam, qu'est-ce qui t'amène ici ? ai-je demandé.

— J'espérais te mettre au courant de quelques trucs.

Dans la vie *normale* que j'avais essayé de trouver, les gens ne débarquaient généralement pas à l'improviste pour parler de *trucs*. Mais à Charm Cove, c'était monnaie courante. Enfin, sauf le meurtre possible. Ça, c'était une toute nouvelle complication.

Ouvrant grand la porte, je lui ai fait signe d'entrer. — Entre.

Il a fermé la porte derrière lui, restant incertain pendant un moment.

— Tu peux enlever ta veste, ai-je proposé.

Il a accroché sa veste à l'un des crochets près de la porte et m'a suivie jusqu'au comptoir de la cuisine. — J'étais sur le point de me servir un verre de vin. Tu en veux ?

Il a secoué la tête. — Tu sais que le vin n'est pas vraiment mon truc.

Je le savais. Il fut un temps où je connaissais très bien Liam. J'ai gardé ma réponse neutre, espérant que le petit bourdonnement d'anxiété qui me parcourait n'était pas évident. — Ah oui. J'ai de la bière, ai-je proposé.

— Je veux bien une bière, a-t-il répondu.

Contournant l'îlot de cuisine, j'ai sorti une bière du frigo et la lui ai tendue. — Assieds-toi, ai-je dit en me glissant sur l'un des tabourets en face de lui et en prenant une gorgée de mon vin. — Alors, qu'est-ce qui se passe ?

— J'ai croisé Zoe. Elle m'a dit qu'elle pense que tu enquêtes sur le meurtre d'Alvin.

— Bien sûr que oui.

Les yeux de Liam se sont plissés aux coins avec son sourire. — Pourquoi perdre du temps ?

— Exactement. Allons droit au but. Sommes-nous sûrs que c'est même un meurtre ? Ça pourrait n'être rien de plus qu'un tragique accident.

Il a lentement hoché la tête, ses yeux bleu glacier scrutant mon visage. — Je sais que ça pourrait être un accident, mais je ne le pense pas. Pourquoi es-tu plongée jusqu'au cou au milieu de toute cette histoire ?

J'ai plissé les yeux, agacée qu'il me fasse remarquer cela. — Il m'est impossible de ne pas être au milieu de tout ça. Ma famille et ta famille sont toujours au centre de tout. Je me dis que c'est la seule façon d'avoir un certain contrôle sur la situation. De plus, si tu es ici à me poser des questions à ce sujet, tu dois aussi être impliqué.

— Touché, a-t-il offert avec un sourire. — Donc voilà. Oncle Jacob est presque certain que l'un des Bishop a voulu détruire le pouvoir du médaillon.

— D'accord, mais pourquoi le médaillon ?

— Parce que ce médaillon est le révélateur de vérité. Ou l'était. Tu le sais bien.

Je le savais bien. Je n'avais simplement pas considéré les implications. — Oh, ai-je dit doucement avant de prendre une grande gorgée de vin. — Mais le médaillon ne pourrait rien nous dire sur Alvin. De plus, il y a une raison pour laquelle ce médaillon était sous protection.

Le médaillon en question avait été doté de pouvoirs par mon arrière-arrière-arrière-arrière-grand-mère. Les diverses familles au pouvoir après son décès avaient décidé que le médaillon devait être protégé, ne serait-ce que parce qu'il interférait avec trop de sorts.

— Non, pas spécifiquement. Mais Oncle Jacob dit qu'il aurait pu nous dire qui a lancé le sort cette nuit-là.

— Il n'était pas si puissant, ai-je dit en secouant vivement la tête. — Tout ce qu'il pouvait faire, c'était identifier les sorts. C'est tout. Rien de plus. Honnêtement, pas beaucoup plus que ce que Jacob peut faire maintenant.

— Oui, mais contrairement à Jacob, il n'avait pas besoin de pouvoir capter des traces. Le timing n'a rien à voir avec son pouvoir. De plus, combien de personnes lançaient des sorts au milieu de la nuit ?

— Bon point. Probablement pas beaucoup. Alors que devons-nous faire ? Il est cassé maintenant.

— Eh bien, il y a quelque chose que je peux faire.

Je ne l'ai pas dit à voix haute, mais quel soulagement de pouvoir parler librement comme ça. Les pouvoirs de Liam incluaient la capacité de réparer les choses, plus précisément de les restaurer dans leur intégralité. Très peu de sorciers possédaient ce pouvoir. C'était de famille. Seul un homme par génération recevait ce don.

— Tu pourrais, ai-je dit avec un lent hochement de tête et une autre gorgée de vin.

— J'ai besoin de la permission de quelqu'un de ta famille cependant.

— Bien sûr, et tu sais que n'importe laquelle d'entre nous serait d'accord. J'appellerai Tante Léa tout de suite si tu veux.

Prenant une gorgée de sa bière, il a acquiescé.

— Pourquoi es-tu venu me voir en premier à ce sujet ? ai-je demandé, sincèrement curieuse.

— J'adore nos familles, mais parfois elles sont dingues, a-t-il dit en haussant les épaules.

J'ai éclaté de rire. — C'est tellement vrai, ai-je dit quand j'ai finalement repris mon souffle.

— Comment vas-tu ? a-t-il demandé.

J'ai fait tournoyer le vin dans mon verre, le regardant. — Plutôt bien en fait. Mis à part le drame, c'est agréable d'être à la maison. Et toi ?

— C'est bon d'être à la maison. Ça aurait été bien de ne pas arriver dans la foulée du seul meurtre potentiel ici depuis un siècle, mais c'est quand même bon d'être à la maison.

J'ai de nouveau pouffé. — Je sais. Espérons que c'était juste un accident.

CHAPITRE QUINZE

Liam et moi étions assis face à face de part et d'autre du comptoir. Cette électricité familière s'était ravivée entre nous. C'était comme si un interrupteur avait été éteint pendant des années et venait soudainement d'être rallumé.

Le temps et la distance n'interféraient plus, pas plus que mes efforts pour l'éviter. Nous ne disions rien. Nous nous regardions simplement. Après un moment tendu, le coin de sa bouche s'est relevé et il m'a fait un clin d'œil.

Pendant un instant, c'était comme si j'avais de nouveau seize ans et que j'étais en plein béguin d'adolescente pour lui. À l'époque, j'avais adhéré à l'idée que c'était mon destin de tomber amoureuse de Liam et de l'épouser. Et qui ne l'aurait pas fait ? J'avais les hormones qui bouillonnaient dans mes veines et l'un des garçons les plus mignons de la ville tenait le rôle principal dans mes fantasmes. Tout cela, combiné à nos familles respectives qui nous poussaient dans les bras l'un de l'autre en nous répétant que c'était notre destin d'être ensemble, rendait difficile de résister à cette chimère.

Mais c'était avant que les pressions de la vie ne se fassent sentir, et avant que nous essayions de nous intégrer dans le monde ordinaire. L'université était déjà assez difficile en soi. Imagine ce que c'est d'avoir notre histoire commune et d'essayer de s'intégrer quand on doit garder une partie de soi-même profondément cachée.

Bien sûr, Liam avec ses yeux bleus, son sourire espiègle et ses cheveux noir de jais était un régal pour les yeux. On pouvait dire sans risque qu'il était ridiculement séduisant, et je n'étais pas la seule femme à le penser.

Me secouant mentalement, j'ai pris une gorgée de vin. « Donc, je ne suis pas sûre de qui a le médaillon maintenant. Jacob et Tante Lea l'ont emporté avec eux quand ils sont partis hier soir. »

Liam a hoché la tête. « Je suppose qu'ils l'ont, mais je suis certain qu'ils l'ont caché quelque part en lieu sûr et ont probablement déjà lancé un autre sort de protection sur l'endroit où il se trouve. »

« De ça, j'en suis certaine. Toute ma famille est en panique parce que quelqu'un a essayé de l'endommager. Enfin, ils n'ont pas seulement essayé, ils ont réussi. »

« Je parlerai à Oncle Jacob demain, » a proposé Liam. « Et toi, tu peux vérifier auprès de Lea ? »

Alors que j'acquiesçais, Ghost a sauté sur le comptoir. Il s'est installé, sa queue s'agitant d'avant en arrière tandis qu'il nous regardait tour à tour. Liam a souri, regardant de Ghost à moi. « Alors tu as hérité d'un chat ? »

« Apparemment, » ai-je dit avec un petit rire. « Je crois qu'il est autant chez toi qu'ici, cela dit. »

Liam a levé les yeux au ciel. « C'est vrai. Ta mère m'a même laissé de la nourriture pour lui. »

J'ai gémi, sentant mes joues s'échauffer. « Tu plaisantes ? Je suis vraiment désolée. Tu connais ma mère. Elle est convaincue que nous sommes faits l'un pour l'autre. »

Ce sujet était un peu inconfortable pour moi. J'avais présenté mes excuses, mais j'avais été si stupide. Je veux dire, j'avais accidentellement incendié un bâtiment avec un sort parce que j'étais jalouse. Ce n'était pas mon intention, mais c'était le résultat final. Je ne cesserais probablement jamais de remercier tous les dieux de l'univers pour le fait que personne n'avait été blessé.

Liam semblait beaucoup plus détendu à ce sujet, mais il n'avait pas eu un comportement aussi idiot que le mien. Il a bu une gorgée de sa bière, haussant pensivement les épaules. « Ce n'est pas seulement ta famille. Tu aurais dû entendre ma mère l'autre jour. Je suis sûr que tu as entendu beaucoup de choses sur ce sort qui a mal tourné, » a-t-il proposé avec un sourire contrit. « Mais j'en ai entendu tout autant sur mon mariage. Dieu merci, c'est terminé. »

J'ai ressenti un éclair de jalousie que j'ai rapidement réprimé. La dernière chose dont j'avais besoin, c'était de mettre à nouveau quelque chose en feu. « C'était si terrible ? » ai-je réussi à dire après une gorgée de vin.

Il a haussé à nouveau les épaules. « Disons que je ne pense pas que ce soit brillant pour quiconque de décider de se marier à vingt-deux ans. Je ne dis pas que les mariages précoces n'ont jamais fonctionné, mais la plupart des gens n'ont pas une vision très claire des choses à cet âge. Donc il y a ça, mais ce n'est pas non plus très intelligent de se marier en réaction à quelque chose d'autre. Vanessa était gentille, elle n'était pas mauvaise ou quoi que ce soit. C'est juste qu'elle ne représentait pas grand-chose. Avec le recul, si j'avais utilisé mon cerveau, nous serions probablement sortis ensemble pendant quelques mois et nous nous serions séparés en restant amis. Au lieu de cela... »

Ses mots se sont estompés, son regard croisant le mien.

« J'ai été jalouse et j'ai accidentellement mis le feu à un bâtiment, » ai-je proposé avec un petit rire moqueur.

Il a ri doucement. « Oui. Ça. » Son regard est devenu plus sérieux. « Puisqu'on aborde le sujet, j'ai entendu ce qu'elle t'a dit. »

Ce qui m'avait mise hors de moi à l'époque, c'était que Vanessa m'avait confrontée après un cours pour me dire que Liam lui avait confié que la seule raison pour laquelle il avait été avec moi était que nos familles étaient proches et qu'elles avaient fait pression sur lui. Bien qu'elle ne connût pas notre histoire plutôt magique, elle en savait juste assez pour me blesser. Les doutes avaient facilement envahi mon esprit à ce moment-là. J'avais aussi un peu de tempérament. J'en avais toujours eu. Je supposais que la leçon extrêmement brutale et douloureuse que j'avais apprise en mettant accidentellement le feu à ce bâtiment était que j'*avais besoin* de maîtriser mon tempérament.

Je n'avais jamais su s'il était au courant de ce qu'elle m'avait dit. Mordant l'intérieur de ma joue, j'ai rencontré son regard. « Ce n'était pas grave. C'est moi qui en ai fait toute une histoire. Comment l'as-tu appris de toute façon ? »

« Oh, elle l'a accidentellement admis après coup. Quoi qu'il en soit, je pensais que tu voudrais savoir que je ne lui ai jamais rien dit de tel. »

Je me sentais si fière de moi à ce moment-là. Je ne paniquais pas. Je me sentais bizarre parce qu'il était clair comme de l'eau de roche que la chimie entre nous n'avait certainement pas disparu. C'était un soulagement d'entendre qu'il n'était pas tombé éperdument amoureux de Vanessa. Parce que c'est ce que ma fierté enfantine avait cru à l'époque.

Je n'étais pas une méchante sorcière. Malgré mon nom de famille et le fait que j'avais accidentellement incendié un bâtiment dans un accès de colère.

J'ai souri avec mélancolie. « Eh bien, les choses se déroulent comme elles doivent, n'est-ce pas ? Tout le monde était tellement insistant à l'époque, ça n'a fait qu'empirer les choses. »

Il a soutenu mon regard, hochant lentement la tête avant de prendre une autre gorgée de sa bière. Après un moment, il a jeté un coup d'œil autour de la remise. « C'est bien que tu aies obtenu cet endroit. »

« En parlant de ça, je me demandais pourquoi tu ne séjournes pas dans l'une des propriétés de ta famille. »

« Tu oublies. J'ai cinq frères et sœurs, » a-t-il répondu en riant.

« Je n'ai pas oublié, » ai-je répliqué en plissant les yeux. « Ça ne change pas le fait que ta famille possède beaucoup de propriétés et de maisons. »

« Oui, eh bien quand je suis parti et que je me suis marié, ma mère était tellement en colère contre moi qu'elle a installé tout le monde dans tout ce qui était disponible. Pour le moment, il n'y a rien pour moi. À moins que tu ne comptes les vingt hectares que je peux appeler miens. Pas de maison là-bas cependant. Je vais m'organiser pour construire quand je pourrai, et ensuite j'y emménagerai. »

« J'en suis certaine. »

La conversation s'est en fait poursuivie sur d'autres sujets, au-delà des derniers problèmes de nos familles folles et de la tension entre nous. Finalement, Liam s'est levé pour partir, et je l'ai raccompagné à la porte. Il a enfilé sa veste et avait la main sur la poignée quand il s'est retourné.

Nos yeux se sont rencontrés, et je n'aurais pas pu détourner le regard même si ma vie en dépendait lorsque sa tête s'est inclinée vers la mienne. Il m'a laissée abasourdie suite à son départ. Un seul baiser de Liam Good m'a rappelé avec une clarté brutale à quel point nous avions de l'alchimie. Mon pouls s'est emballé, mon ventre faisait des cabrioles, et j'étais si échauffée que j'avais besoin d'une douche froide.

CHAPITRE SEIZE

Le lendemain matin, je me suis promenée dans le parc municipal, me demandant si je remarquerais quelque chose d'anormal après les événements de l'autre soir. Dans le coin le plus éloigné, j'ai aperçu Isobel Martin avec son club de jardinage. Ce club était un peu la risée de tous. Isobel s'imaginait avoir une sorte de don magique en matière de jardinage.

La réalité, c'est qu'elle avait tout le contraire de la main verte, et pas la moindre once de magie pour résoudre ce problème. Je me suis arrêtée pour prendre un café chez Magic Beans avant de retourner flâner dans le parc après avoir vu qu'Isobel était partie. Quoi qu'elle ait fait, le résultat n'était pas très concluant. Ses tentatives de jardinage ressemblaient aux essais de maquillage des tout-petits. Les deux nouveaux parterres de fleurs qu'elle avait plantés pouvaient être qualifiés, au mieux, de confus. Je les ai observés un moment, j'ai pris une profonde inspiration puis j'ai passé ma main au-dessus d'eux. Il faudrait quelques heures, mais ces pauvres fleurs à l'aspect pitoyable se redresseraient rapidement.

J'ai pris soin de paraître simplement intéressée par les fleurs, ce qui n'était pas particulièrement difficile à faire, étant donné qu'il y avait beaucoup de monde dehors ce matin. Il y avait aussi le club de marche rapide, un groupe de femmes âgées dirigé par l'enthousiaste Beatrice Powers.

Le groupe passait énergiquement devant moi quand Beatrice s'est arrêtée brusquement à mes côtés. C'était un petit paquet d'énergie. Difficile de croire qu'elle approchait maintenant les quatre-vingt-dix ans. Avec ses courts cheveux argentés, ses yeux bruns pétillants et son large sourire, il était presque impossible de ne pas se sentir joyeux en sa présence.

— Moira ! Comment vas-tu, ma chérie ? Tellement contente de te voir. J'adorerais m'arrêter pour bavarder, mais nous avons des endroits où aller.

— Continue ton chemin, ai-je répondu avec un sourire, la regardant repartir d'un pas rapide, ses coudes se balançant vigoureusement au rythme de ses enjambées. Les « endroits » où elles devaient aller comprenaient essentiellement plusieurs tours du parc et de quelques rues du centre-ville.

J'ai poursuivi mon tour du parc, beaucoup plus tranquillement, sirotant mon café et scrutant les alentours. La seule chose inhabituelle que j'ai remarquée était une marque de brûlure au coin d'un des bancs en granit. Debout près du banc, j'ai constaté qu'il offrait une vue dégagée sur la porte d'entrée de Persnickety Potions & Gifts. Que quelqu'un se soit tenu ici pour jeter le sort qui a endommagé le médaillon, ou qu'il ait placé un objet pour faire le sale boulot à sa place, c'était probablement l'endroit où cela s'était produit.

Après un autre tour lent du parc, gardant les yeux bien ouverts, j'ai conclu qu'il n'y avait rien d'autre à voir. Je me suis dirigée vers Persnickety Potions & Gifts et j'ai poussé la porte.

Tante Lea m'a adressé un sourire radieux depuis derrière le comptoir dès qu'elle m'a vue entrer. « Bonjour, ma chérie ! Je suis si contente que tu aies pu revenir. Les filles sont serviables, mais elles ne sont pas aussi douées que toi. »

J'ai réprimé un rire. Tante Lea n'avait jamais été du genre à mâcher ses mots. Je me demandais parfois ce qu'elle pouvait bien dire de moi. Ses longs cheveux étaient détachés aujourd'hui, brossés jusqu'à briller, les quelques mèches noires dans sa chevelure argentée lui donnant presque l'air d'être couverte de paillettes.

Je me suis approchée du comptoir, y appuyant ma hanche et prenant une gorgée de mon café. « Tu as dit que tu avais d'autres rendez-vous. Ça ne me dérange pas de venir t'aider quand tu en as besoin. »

« Pour être tout à fait honnête, ma chérie, j'aimerais que tu acceptes simplement de prendre ma relève. Quelqu'un de la famille doit s'occuper de ce projet. Je ne suis plus aussi jeune qu'avant. »

J'ai pouffé sans même essayer de me retenir. « Sérieusement, Tante Lea ? Tu n'as même pas encore soixante ans. »

Elle a posé une main sur sa hanche, ses bracelets d'argent tintant à ce mouvement. « Ma chère, tu n'as même pas encore trente ans. Ne me fais pas la leçon sur l'âge. Je serai la première à reconnaître que les femmes de notre famille vieillissent magnifiquement et avec grâce. Comparée à la moyenne des personnes de presque soixante ans, j'oserais dire que je suis l'image même de la santé. Mais je ne suis certainement plus aussi jeune qu'avant. C'est juste quelque chose à quoi tu devrais réfléchir. »

« D'accord. J'y réfléchirai. Mais pour l'instant, je suis là pour t'aider. De quoi as-tu besoin pendant ton absence ? »

À ce moment-là, un client est entré, et Tante Lea s'est précipitée pour l'aider. Pendant ce temps, je me suis glissée derrière le comptoir, rangeant mon sac et ma veste avant de retourner à l'avant. Tante Lea encaissait la cliente, lui vendant un petit collier de jade et une bouteille de *L'Amour fait tourner le monde*.

Après que la femme se fut détournée et que la porte se fut refermée derrière elle, j'ai lancé un avertissement : « J'espère que ce n'était pas un véritable philtre d'amour. »

Tante Lea s'est retournée vers moi. « Tout ce que nous vendons est authentique, ma chérie. Tu le sais bien. Les potions ordinaires sont juste... ordinaires. Elles ne feront rien comme ce qui est arrivé avec ton patron. Ça a demandé un petit effort supplémentaire de ma part, » a-t-elle ajouté avec un léger sourire.

« Bien sûr. Je sais. N'essaie pas de me faire ce genre de coup maintenant. »

Tante Lea s'est approchée du comptoir, agitant la main avec désinvoiture. « Bien sûr que non. Quoi qu'il en soit, voici ce que nous devons faire aujourd'hui. »

Elle a commencé à énumérer une liste de tâches. Une fois que nous avions terminé de planifier la journée, je me suis demandé si c'était le bon moment pour lui parler de laisser Liam examiner le médaillon. Estimant qu'il n'y avait pas de moment idéal, je me suis lancée. « J'ai parlé à Liam hier soir. »

Ça a attiré son attention. Elle m'a regardée avec un sourire plein d'attentes. « À propos de quoi, ma chérie ? »

« Je ne sais pas si tu penses que c'est une bonne idée, mais si le médaillon est cassé, il est le seul dans les environs qui pourrait être capable de le réparer. »

Elle a tapoté ses ongles sur le comptoir en verre, son regard pensif. « Jacob et moi en avons discuté hier soir. Nous n'avons pas utilisé ce médaillon depuis si longtemps que je ne pensais pas à ce qu'il pouvait faire. En ce qui me concerne, c'est une bonne idée de demander à Liam d'essayer de le réparer. Je veux dire, qu'avons-nous à perdre ? »

« C'est exactement ce que Liam et moi avons pensé. »

Tante Lea a ouvert la bouche pour dire quelque chose avant de la refermer brusquement avec un sourire. Je suppose qu'elle s'apprêtait à me rappeler mon destin. Pour une fois, elle s'est ravisée.

« Je lui dirai que tu es d'accord. Dois-je lui dire de vous rejoindre à la maison ? »

« Jacob et moi l'avons, mais il n'est pas chez nous. Je préférerais même ne pas te dire où il se trouve. Non pas parce que je m'inquiète que tu puisses faire quelque chose, mais moins il y a de personnes au courant, mieux c'est. Et si nous l'apportions chez toi ce soir et que nous nous en occupions à ce moment-là ? »

« Ça me va. Je l'appellerai plus tard. »

Un autre client est entré, coupant effectivement court à notre conversation. Il n'y avait plus rien à dire. Mon esprit est revenu à la nuit dernière, et à la chose même que je m'étais promis de ne pas faire. J'avais embrassé Liam. Ç'avait été rapide et bref. Pourtant, c'était comme si la foudre nous avait frappés tous les deux.

CHAPITRE DIX-SEPT

La journée s'est déroulée sans incident particulier. Bien que Tante Lea ait librement admis que les jumeaux n'étaient pas particulièrement utiles à la boutique, elle les y a quand même envoyés pour quelques heures. La seule chose pour laquelle je pouvais dire qu'ils étaient doués était le contact avec les clients, et pour cela, j'étais reconnaissante. Ils adoraient parler et avaient hérité de la capacité de leur mère à vendre à peu près n'importe quoi.

Un avantage secondaire d'être dans la boutique était la découverte que ma nouvelle présence en ville attirait un flux constant d'habitants, tous curieux de bavarder et de me mettre au courant de tout ce qui se passait.

Quand Rebecca Bishop est entrée, j'ai vite fait en sorte d'être celle qui la servirait plutôt que l'un des jumeaux. Sachant qu'Oncle Jacob croyait qu'un membre de la famille Bishop avait jeté le sort qui avait brisé la vitrine l'autre soir, je n'allais pas laisser passer cette opportunité.

Rebecca avait à peu près mon âge et avait quelques années de moins que moi à l'école. Comme la plupart des membres de sa famille, elle avait des cheveux bruns brillants et des yeux marron. Elle était plutôt menue et légèrement plus petite que moi. En m'approchant d'elle, j'ai demandé :

— Salut, Rebecca, que puis-je faire pour toi aujourd'hui ?

Elle a levé les yeux avec un sourire poli.

— Je suis passée pour trouver un cadeau d'anniversaire pour ma mère. Ta tante a généralement les plus beaux bijoux de la ville. Ma mère adore ces médaillons.

Elle faisait référence à de jolis médaillons en argent sterling qui étaient fabriqués exclusivement pour notre boutique par un bijoutier de Portland, dans le Maine. Ils étaient tout à fait adorables, en argent avec des gravures complexes sur la face et juste assez d'espace à l'intérieur pour y ranger de petits objets. C'était comme si elle m'avait assommée. Je veux dire, elle cherchait un médaillon à peine deux jours après que le médaillon très puissant conservé ici sous protection avait été endommagé.

Je l'ai accompagnée jusqu'à la vitrine où nous gardions les médaillons décoratifs, en sortant ceux qu'elle voulait voir.

— Alors, comment vont les choses ? ai-je demandé.

Rebecca a répondu tout en examinant quelques médaillons :

— Tu sais, comme d'habitude. Il y a toujours quelque chose qui se passe. Quoique, bon sang, ces dernières semaines ont été suffisantes pour mettre toute la ville en émoi.

— Oh, tu veux dire ce qui est arrivé à Alvin ?

Levant les yeux, Rebecca a hoché la tête.

— Penses-tu que quelqu'un l'a vraiment assassiné ?

Soutenant son regard, j'ai essayé de sentir si sa question était innocente, ou si elle essayait de faire semblant qu'elle l'était. Mon instinct était indécis. J'ai haussé les épaules.

— Ça pourrait aussi bien être un accident qu'un meurtre.

Rebecca a acquiescé.

— Mais comme d'habitude, les rumeurs vont bon train.

— À propos de ma famille, j'en suis sûre, ai-je offert sèchement, ne résistant même pas à l'envie de lever les yeux au ciel.

Les yeux de Rebecca se sont écarquillés. Elle ne me connaissait pas assez bien pour savoir à quel point je pouvais être directe. J'ai ri.

— Eh bien, c'est vrai. C'est soit un Wicked, soit un Good qui est responsable de tout ce qui va mal en ville. Ou du moins, c'est ce qu'on dit. Dommage qu'on ne puisse pas être crédités pour tout ce qui va bien par ici.

Elle a souri avec incertitude.

— Je suppose.

J'ai décidé d'aller droit au but concernant les ragots parce que je savais sans aucun doute que toute la ville parlait de ce qui s'était passé l'autre soir.

— Puisqu'on en parle, as-tu entendu quelque chose sur qui pourrait avoir endommagé le médaillon stocké ici ?

Les yeux de Rebecca se sont écarquillés, ses mains se figeant sur la vitrine en verre.

— Euh, euh... non.

— Allez, n'essaie même pas de me dire que tu n'as pas entendu parler de ce qui s'est passé l'autre soir. Je ne suis peut-être pas restée dans le coin ces dernières années, mais une chose qui ne changera jamais à Charm Cove, c'est le commérage. Il se propage en ville comme une traînée de poudre. Cette vitrine, ai-je dit en montrant ce qui était maintenant un espace vide dans notre magasin, a été détruite et le médaillon a été roussi.

Les yeux de Rebecca se sont encore plus écarquillés. Si ses questions sur Alvin avaient pu être innocentes, je savais sans aucun doute qu'elle avait entendu parler de la vitrine et qu'elle savait quelque chose à ce sujet.

— Vas-y, crache le morceau. Tu sais que nous avons des moyens de le découvrir de toute façon.

Rebecca a maintenant plissé les yeux, une expression offensée traversant son visage.

— Je ne sais rien. Tout ce que j'ai entendu, c'est qu'il y a eu un éclair de lumière à travers la fenêtre, et que cela a brisé la vitrine. C'est tout ce que j'ai entendu. Je ne sais pas pourquoi tu supposerais que j'en sais plus que ça, a-t-elle dit, ses lèvres se serrant en une ligne mince.

Je l'ai examinée, me demandant s'il fallait continuer à insister. Je n'arrivais pas à déterminer si elle en savait plus. Nous nous sommes regardées en silence pendant un moment. Après une pause, j'ai haussé les épaules.

— D'accord. Quoi qu'il en soit, as-tu décidé d'un médaillon pour ta mère ?

— Oui, a répondu Rebecca, son ton trahissant une pointe de hauteur. Elle a sélectionné celui qu'elle voulait, et j'ai demandé à l'un des jumeaux de l'emballer pour elle avant qu'elle ne parte.

CHAPITRE DIX-HUIT

Le soir où nous devions rencontrer Oncle Jacob et Tante Lea pour que Liam puisse essayer sa magie sur le médaillon n'a pas fonctionné comme prévu. Je n'en étais pas certaine, mais je commençais à soupçonner que Tante Lea avait des problèmes de santé. Tout ce que j'avais reçu était un message laconique de sa part disant qu'elle ne serait pas de retour de Portland à temps pour le dîner.

Curieusement, Oncle Jacob, qui aurait certainement pu nous rencontrer seul, était allé la retrouver à Portland. Inquiète, j'ai appelé ma mère. Je suis allée droit au but dès qu'elle a décroché.

— Maman, qu'est-ce qui se passe avec Tante Lea ?

Ma mère, qui n'a jamais hésité à dire franchement la vérité, est restée silencieuse. Son soupir a filtré à travers la ligne téléphonique.

— Je ne sais pas, ma chérie. Évidemment, je suis inquiète aussi, mais elle ne me dit rien. Nous devrons attendre et voir.

— Tu sais quelque chose ? ai-je insisté.

Nouveau soupir.

— Non, je ne sais rien. Si je savais quelque chose et qu'elle m'avait fait jurer de garder le secret, je te le dirais. Mais elle ne parle pas. J'ai même appelé Jacob ce matin pour lui tirer les vers du nez. Ça n'a servi à rien. Cet homme est son esclave depuis le début. Si elle ne veut pas qu'il parle, il ne parlera pas.

Malgré mon inquiétude, je n'ai pas pu m'empêcher de rire. Bien sûr, ma mère pensait pouvoir commander tout le monde. C'était sa nature.

— Eh bien, si tu apprends quelque chose, tiens-moi au courant. Je prévois de m'occuper de la boutique demain puisque je ne sais pas si elle sera de retour.

— Je sais qu'elle appréciera, a répondu ma mère.

J'ai entendu une autre ligne téléphonique sonner en arrière-plan et ma mère a rapidement terminé l'appel. Glissant mon téléphone dans ma poche, j'ai poussé la porte d'entrée de la dépendance, attendant que Fantôme se pose sur mon épaule. Enfin, je ne savais pas vraiment si « se poser » était le mot qui décrivait ce qu'il faisait. Il utilisait mon épaule pour rebondir jusqu'au sol.

Durant la courte semaine depuis mon retour, nous avions établi une routine. Il sautait de l'étagère sur moi, rebondissait jusqu'au sol, puis restait assis là avec sa queue qui s'agitait, pour finalement retourner à son perchoir quelques minutes plus tard.

Alors que je réfléchissais à ce que j'allais faire pour dîner, mon téléphone a vibré dans ma poche. Je l'ai sorti et j'ai répondu :

— Allô ?

— Salut, ma belle, c'est Zoe.

Le poids de l'inquiétude concernant Tante Lea s'est légèrement allégé. C'était agréable d'être de retour là où j'avais de vieux amis.

— Salut, quoi de neuf ?

— Eh bien, j'ai reçu une invitation pour un repas-partage chez Amber Ouellette ce soir. Je me suis dit que tu voudrais peut-être venir avec moi. Daniel pense qu'ils auraient pu avoir des raisons d'être mécontents d'Alvin parce qu'ils possèdent beaucoup de terres. Je pensais qu'on pourrait y aller, tu pourrais revoir tout le monde, et on pourrait fouiner en même temps.

— Parfait. Je mourais de faim et je me demandais justement ce que j'allais faire pour dîner.

— Donne-moi dix minutes, et je serai là pour te prendre.

Comme promis, Zoe est arrivée dans sa petite jeep rouge cabossée quelques minutes plus tard. J'avais l'impression de n'être jamais partie tandis que nous traversions la ville en direction de chez Amber. Sa maison se trouvait juste après leur vaste exploitation forestière. L'entreprise de bois d'œuvre était dans leur famille depuis des siècles, fondée à l'époque où la forêt s'étendait de la côte Est jusqu'au Mississippi en une marche ininterrompue d'arbres. De temps en temps, je réfléchissais à ce que devait être cette nature sauvage à cette époque. Ici, le long de la côte centrale du Maine, nous avions encore un air de cette sauvagerie. Il faisait trop froid et les hivers étaient trop longs pour que beaucoup s'aventurent ici au-delà des étés.

J'ai savouré les paysages familiers pendant que nous traversions la ville. Une fois passé le centre-ville proprement dit, le paysage était parsemé d'un mélange d'entreprises et de vieilles maisons coloniales. La Nouvelle-Angleterre abritait un mélange de pêcheurs et d'agriculteurs. Le phare de Beacon's Charm était visible au loin, sa peinture à rayures rouges distinctive se détachant nettement.

— Qui le gère maintenant d'ailleurs ? ai-je demandé à Zoe.

— Le cousin de Liam, Nathan. Ta cousine le leur a vendu à peu près au moment où tu partais pour l'université.

— Ah oui, c'est vrai. J'avais oublié. Alors, du nouveau de la part de Daniel ? ai-je demandé, changeant de sujet.

Zoe a soupiré, de manière plutôt théâtrale.

— Non. Il est complètement muet à ce sujet. Il est aussi paranoïaque que trop de gens gossipent et que ça va interférer avec son enquête. J'aime cet homme, mais mon Dieu, il prend parfois son travail tellement au sérieux. Il a aussi entendu parler de l'incident à ta boutique l'autre jour. Il voulait que je te demande pourquoi tu ne l'avais pas appelé.

— Pourquoi l'aurions-nous appelé ? C'était de la magie. Il n'y avait aucun doute là-dessus.

Zoe a ri.

— C'est exactement ce que je lui ai dit. Mais tu connais Daniel, il aime tout savoir. Je pense aussi qu'il se sent toujours un peu exclu des voies de la sorcellerie. En parlant d'hommes, j'ai vu la voiture de Liam chez toi l'autre soir.

Je l'ai regardée de côté, captant son sourire malicieux avant qu'elle ne se morde la lèvre.

— Tu me surveilles maintenant ? S'il te plaît, ne te transforme pas en ma mère, ai-je dit avec un rire bon enfant.

— Oh mon Dieu, a-t-elle dit en levant les yeux au ciel. Je ne vais pas me transformer en ta mère. Je me demandais juste pourquoi il se trouvait là. Le fait que ton visage soit rouge comme une tomate me donne une idée qu'il pourrait se passer quelque chose.

— Argh. Je déteste l'admettre, mais il me fait toujours de l'effet. Je veux dire, cet homme est trop beau pour son propre bien. Sans jeu de mots, ai-je dit en référence au nom de famille de Liam.

— Même moi, je peux voir ça. Mais être beau ne veut pas dire grand-chose.

— C'est vrai. Je sais. Je l'ai peut-être embrassé, ai-je finalement avoué.

Zoe a éclaté de rire, frappant sa main sur le volant alors qu'elle tournait dans la rue menant à la maison d'Amber.

— Peut-être ?

— D'accord, je l'ai embrassé. Tu sais, si ce n'était pas pour ma famille curieuse et la sienne aussi, nous serions peut-être encore ensemble. Mais toute cette pression... ai-je dit en m'arrêtant, passant mes mains dans mes cheveux. C'était assez pour me rendre folle.

— Eh bien, et tu aimes être contrariante, a-t-elle ajouté en arrêtant sa voiture, se garant à côté de quelques autres voitures sur le côté de l'allée.

Détachant ma ceinture, je me suis tournée pour la regarder fixement.

— Qu'est-ce que tu veux dire par « j'aime être contrariante » ?

— Exactement ça. Je pense que même toi, tu peux admettre que tu as un peu de caractère, et tu détestes quand les gens te disent quoi faire. Donc tu es têtue. Qui s'en soucie ? Que cette histoire de destin signifie quelque chose ou non, si tu aimes Liam, ça n'a pas vraiment d'importance.

Mes joues ont de nouveau chauffé, et j'ai mâchouillé l'intérieur de ma joue.

— C'est vrai, ai-je finalement dit. Eh bien, qui sait ce qui va se passer ? En attendant, nous avons des commérages à recueillir.

———

En quelques minutes, Zoe et moi saluions Amber Ouellette. Comme je ne savais même pas que je viendrais, je n'avais rien apporté pour le repas-partage, mais Zoe avait sagement apporté une casserole de fruits de mer, essentiellement une préparation de morue, de fromage à la crème, de riz et de fromage. Le repas-partage réunissait un certain nombre de vieux amis, dont Amber, plusieurs de ses cousins, et un groupe d'amis du lycée et de l'université.

Après les salutations habituelles, un groupe d'entre nous était assis dans le salon avec un grand canapé d'angle et quelques chaises autour d'une petite table. Je savourais un verre de vin, pendant que Zoe nous régalait avec une histoire de l'été dernier où elle avait presque coulé le petit bateau de pêche de leur famille.

— Vous auriez dû voir ça. On écoppait l'eau à gauche à droite, et ça ne s'arrêtait pas. Je me souviens avoir pensé que j'étais si contente qu'on soit dans la crique, mais j'étais aussi embarrassée. Je veux dire, on était juste assez loin des quais pour que tout le monde puisse s'asseoir là et nous regarder. Ce n'était pas un problème d'être secourus, on ne voulait simplement pas perdre le bateau, a-t-elle dit en levant les yeux au ciel.

Amber a gloussé, repoussant ses cheveux blonds de ses épaules. Les Ouellette avaient presque tous les cheveux blonds et les yeux bleus, et Amber correspondait au modèle.

— Je m'en souviens. J'étais sur les quais. Mon père trouvait ça ridicule. Il a dit que vous auriez dû laisser couler le bateau.

Zoe a haussé les épaules.

— Tu connais mon père. Peu importe que le bateau soit ancien et qu'on aurait dû s'en débarrasser il y a longtemps, il déteste se débarrasser de quoi que ce soit.

La conversation a continué de façon aléatoire. À un moment donné, bien sûr, le sujet est passé à la noyade d'Alvin Pearson. Amber l'a abordé en premier.

— Je n'arrive toujours pas à y croire. Dans la fontaine ! C'est horrible, et pourquoi tout le monde pense que c'était un meurtre ? a-t-elle demandé.

Tous les regards se sont tournés vers moi à différents moments. Il se trouvait que j'étais la seule Wicked présente ce soir-là. Comme d'habitude, j'ai décidé d'affronter les spéculations de front.

— Eh bien, c'est toujours la présomption que quelqu'un de ma famille ou de la famille Good y est pour quelque chose. Je ne sais pas pourquoi cette fois. Toutes nos propriétés commerciales étaient déjà dans la zone commerciale d'origine, donc nous nous trouvons être l'une des rares familles qui ne seront pas affectées.

Comme personne ne répondait, j'ai continué, jetant la prudence aux vents.

— Je veux dire, votre famille est dans une situation complètement différente, ai-je dit, en regardant droit vers Amber. Vous gérez cette entreprise de bois d'œuvre depuis quoi ? Environ deux siècles. Tout ce temps, elle a été en dehors de la zone d'affaires. Croyez-moi, les impôts de votre famille seront affectés.

Les yeux d'Amber se sont écarquillés et ses lèvres se sont serrées. J'ai été surprise lorsqu'une de ses cousines est intervenue.

— C'est exactement ce que j'ai dit, a dit Rachel Ouellette. Je veux dire, ce n'est pas comme si nous étions la seule famille qui sera affectée. Mais c'est logique que ceux qui seront les plus affectés seraient plus en colère contre Alvin. Si quelque chose s'est vraiment passé. Pour ce qu'on en sait, c'était un accident.

Sarah Baker est intervenue également.

— J'étais à la réunion de zonage ce soir-là. Vous auriez dû entendre Dolores Lewis. Elle s'est déchaînée contre lui.

— Oui, mais elle s'énerve pour tout, a ajouté Amber.

— Eh bien, et elle était hors de la ville la semaine où Alvin est mort.

Tout le monde s'est tourné à l'unisson pour regarder Patsy Walker qui a simplement hoché la tête, ses boucles brunes se balançant.

— Vraiment ? ai-je demandé. Parce que j'ai entendu la même chose à propos de sa crise à la réunion de zonage. Mais si elle était hors de la ville quand Alvin est mort, ça l'exclut complètement.

— Exactement. Comment sais-tu qu'elle était hors de la ville ? a demandé Zoe, dirigeant sa question à Patsy.

— Parce que ma mère vit à côté de Dolores. Dolores rendait visite à sa fille à Boston toute cette semaine-là. Ma mère s'occupe de ses chats et arrose ses plantes quand elle est absente. Elle est sûre à cent pour cent que Dolores était hors de la ville.

Il y a eu un petit murmure parmi tout le monde. Cela ne semblait importer à personne que la mort d'Alvin ait simplement pu être un accident.

Amber, suivant mon exemple, a décidé d'être aussi directe que moi.

— Eh bien, je ne sais pas pourquoi tout le monde commencerait des rumeurs sur nous. Sans offense, a-t-elle dit, en jetant un regard dans ma direction, mais même si nous avons cette entreprise depuis toujours, nous ne possédons pas la majorité des terres.

— Eh bien alors, qui les possède ? a demandé Rachel.

J'ai réprimé un rire quand Amber a lancé un regard noir à sa cousine.

— Excellente question. Parce que je ne le sais pas vraiment, a-t-elle dit.

Amber a jeté un coup d'œil à Zoe.

— Tu devrais peut-être informer Daniel. Je pense qu'il sait déjà que Dolores a un alibi. Nous ferions mieux de déterminer qui possède toutes ces propriétés parce que je ne sais pas. J'ai demandé à ma mère et, si elle le sait, elle ne dit rien.

— Mon Dieu. Le premier meurtre, ou pas, en plus de cent ans à Charm Cove et il y a un million de suspects, a dit Rachel.

— Je sais. C'est un peu le bazar, ai-je dit en secouant la tête. Peut-être devrions-nous commérer sur autre chose.

Zoe a ri.

— Bonne idée.

— Pourquoi ne pas nous tenir au courant sur toi et Liam ? a demandé Patsy.

J'ai senti mes joues chauffer, mais je l'ai ignoré.

— Il n'y a rien à dire. Je n'ai même pas vécu au même endroit que lui ces trois dernières années.

Rachel est intervenue.

— Oui, mais maintenant si, et il est divorcé.

J'ai résisté à l'envie de la fusiller du regard. Mon esprit s'est immédiatement tourné vers le baiser de Liam l'autre soir. Je n'étais pas sur le point de partager ce petit détail. Bien que j'étais amicale avec presque tout le monde ici, je n'avais pas envie d'alimenter le feu des rumeurs sur Liam et moi. J'ai haussé les épaules.

— Et alors ? Ce n'est rien de plus qu'une coïncidence si nous sommes tous les deux de retour en ville maintenant. Et si vous me racontiez tous les potins que j'ai manqués pendant mon absence ? Parce que je n'ai aucune nouvelle à partager.

Zoe, en bonne amie qu'elle était, est intervenue, orientant habilement la conversation vers d'autres sujets. Alors que nous partions plus tard dans la soirée, dès que les portières de la jeep de Zoe ont été fermées, nous nous sommes regardées.

— Donc, Dolores est hors-jeu, et nous devons découvrir qui possède toutes les propriétés forestières.

CHAPITRE DIX-NEUF

Quelques jours plus tard, sans grande avancée concernant l'identité de la personne qui avait brisé le médaillon, ou sur la question de savoir si la mort d'Alvin était un meurtre ou un accident, je me suis arrêtée chez Magic Beans. En entrant, j'ai jeté un coup d'œil autour de moi. L'endroit n'avait pas beaucoup changé ces dernières années, à l'exception des œuvres d'art locales exposées sur les murs.

Magic Beans était, sans surprise, un café et une boulangerie. Il se trouvait du côté opposé de la place du village par rapport à Persnickety Potions & Gifts, dans une vieille maison coloniale. Magic Beans occupait tout le rez-de-chaussée, tandis que des appartements se trouvaient à l'étage. La cuisine était d'un côté de l'escalier au centre du bâtiment, avec le café et un comptoir de l'autre côté. Les hautes fenêtres laissaient entrer beaucoup de lumière, projetant un éclat sur les parquets et maintenant l'espace lumineux. Chaque fenêtre avait un vitrail en haut, ajoutant une touche de couleur. Dans la partie café, de petites tables rondes étaient éparpillées dans l'espace.

En me frayant un chemin entre les tables vers le comptoir au fond, j'ai trouvé Liam qui faisait la queue. À ses côtés se tenait Susie Gillis, une jeune femme qui avait été au lycée avec nous. Je ne la connaissais pas particulièrement bien. Le seul mot qui me venait à l'esprit pour la décrire était « fade ». Elle avait des cheveux châtain clair, dês yeux bleus et une silhouette menue. Je n'avais aucune idée de ce qu'elle faisait avec Liam. Ajoutant à ma curiosité, l'expression sur son visage était franchement étrange.

Pendant un instant, je me suis demandé s'ils étaient venus prendre un café ensemble. Mais alors Liam s'est retourné et m'a vue, une expression de soulagement apparaissant sur son visage. — Moira ! a-t-il dit, avec un enthousiasme plutôt inhabituel pour lui.

— Salut, Liam, ai-je répondu poliment. Nous ne nous étions pas vus depuis notre baiser l'autre soir, mais je ne l'avais pas oublié. Pas du tout. Pour être honnête, ce bref baiser avait occupé beaucoup trop de mon temps libre dans mon esprit. Le rencontrer ici avec Susie m'a remplie de confusion et d'une petite pointe de jalousie.

Je me suis sévèrement rappelé que nous n'étions pas ensemble et que peut-être nous n'étions jamais destinés à l'être. Bien sûr, je devais aussi me rappeler que ce n'était pas parce qu'il prenait un café avec Susie que cela signifiait quelque chose.

Susie s'est retournée, ses yeux s'illuminant quand elle m'a vue. — Salut, Moira. J'ai entendu dire que tu étais revenue. Comment vas-tu ?

— Je vais bien, et toi ?

— Je vais super, vraiment super, a dit Susie, ses yeux se tournant vers Liam, un sourire ironique traversant son visage.

Même si je l'avais connue en grandissant, nous n'avions pas été particulièrement proches. Elle ne venait certainement pas d'une famille de sorcières. Sa famille faisait partie du groupe de familles locales qui ne savaient rien des histoires de sorcellerie des Wickeds et des Goods, ainsi que de quelques autres familles. Elle avait une innocence qui était un peu agaçante. Je n'avais aucune raison de la détester, mais je ne pouvais pas m'empêcher d'être légèrement irritée par la façon dont elle regardait Liam. Je devais me rappeler encore une fois que Liam et moi nous étions séparés il y a plus de trois ans, et que je n'avais aucun droit sur lui, peu importe ce que ma famille farfelue affirmait.

Liam s'est éloigné de Susie pour se mettre à mes côtés, presque comme s'il essayait de faire croire que j'étais là pour le rencontrer.

Pendant que je réfléchissais à cela, il a parlé. — Tellement content que tu aies pu venir, a-t-il commenté, confirmant immédiatement mon train de pensée.

Bien que je n'aie aucune idée de ce qu'il faisait, j'étais heureuse de jouer le jeu. — Désolée d'être en retard de quelques minutes, ai-je répondu.

Son sourire en réponse a à peine changé la ligne de ses lèvres, mais j'ai reconnu l'éclat dans ses yeux. — Pas de problème. J'étais sur le point de commander un café pour toi.

Susie nous a regardés tour à tour. — Je me sens si bête. J'ai confondu Liam avec mon petit ami Timmy.

Liam a croisé mon regard, une lueur dans les yeux. — Tu t'en es rendu compte assez vite, a-t-il dit à Susie.

Elle a secoué la tête avec un léger rire. — Je n'arrive pas à croire que j'ai fait ça. Me regardant, elle a roulé des yeux. — J'ai vraiment cru qu'il était Timmy et j'ai essayé de lui faire un câlin. Regardant à nouveau Liam, elle a soupiré. — Je suis vraiment désolée. Tu as dû me prendre pour une folle.

— Eh bien, tu m'as certainement surpris, mais aucun mal n'a été fait, a offert Liam avec un sourire amusé.

J'ai senti que quelque chose n'allait pas, mais j'ai pensé qu'il valait mieux laisser tomber.

— C'est sympa de te voir, Susie. Comment vas-tu ? ai-je demandé.

— Oh, tu sais. Je vis ma vie. J'aide ma mère avec son entreprise de comptabilité. Timmy et moi parlons de déménager à Boston, et vous deux revenez à Charm Cove. Est-ce comme une de ces secondes chances épiques ? a-t-elle demandé, souriant entre nous deux.

Oh là là. Nos cercles sociaux n'avaient pas trop croisé ceux de Susie. Il était clair qu'elle n'était pas pleinement informée de notre rupture plutôt mouvementée. Ou peut-être qu'elle l'était. Elle avait bien dit *épique*.

Je n'étais pas une grande fan du mensonge, mais je ne voulais vraiment pas m'attarder sur ce sujet. J'ai senti mes joues chauffer et j'ai ignoré cette sensation. — Juste en train de rattraper le temps avec de vieux amis, ai-je dit, éludant complètement le sujet.

Susie a souri, son téléphone portable sonnant opportunément à ce moment-là. Le sortant de son sac, elle a regardé l'écran. — Oh, je dois répondre. Sympa de discuter ! Elle est sortie de la file et a pris son appel près de la porte.

Liam et moi avons attendu tranquillement dans la file. Nous n'avons rien dit pendant que nous avons commandé respectivement nos cafés. Bien que je n'avais pas prévu de rester pour boire mon café, j'ai pensé que je pouvais aussi bien le faire maintenant.

M'asseyant à une table dans le coin, j'ai pris une gorgée fortifiante de mon café puis j'ai regardé Liam en face de moi. — Alors, c'était quoi tout ça ?

— Quoi ?

— Euh, faire comme si j'étais ici pour prendre un café avec toi.

Liam a ri et haussé les épaules. — Oh, elle posait toutes sortes de questions, alors je me suis dit que je préférais avoir une issue facile. Et puis, qu'est-ce qu'il y a de mal à prendre un café ensemble ?

Je l'ai regardé et finalement haussé les épaules. — Rien. Sur quoi posait-elle des questions ?

— Elle a entendu parler de l'histoire du médaillon et m'a dit que son petit ami Timmy pense que c'était un laser.

— Hein ? C'est à peu près tout ce que j'ai pu trouver comme réponse.

Liam a ri. — Exactement. Quoi qu'il en soit, Juliette est passée ce matin et a mentionné qu'elle avait vu Ghost.

— Quoi ?!

— Elle habite juste en bas de la route de la propriété de tes parents. Enfin, elle l'a vu fouiner autour d'un vieux puits abandonné, et elle a trouvé deux baguettes cassées là-bas. Oh, et elle m'a prévenu que ma mère est agacée que ça nous prenne trop de temps à comprendre les choses.

Juliette était l'une des sœurs de Liam. Avant que mon sort raté n'enflamme accidentellement un bâtiment, elle et moi étions proches. Elle avait quelques années de moins que moi et avait un sens de l'humour espiègle. Mes joues ont encore rougi. Ce n'était pas seulement ma famille, mais aussi celle de Liam. Bon sang, ils n'avaient aucune idée du concept de laisser les choses suivre leur cours.

Liam a croisé mon regard avec un haussement d'épaules et un rire. — C'est comme ça.

Pendant un moment, j'ai pensé qu'il faisait référence à toute cette histoire de *destin-fatalité-on est faits l'un pour l'autre*. Mais alors son sourire s'est élargi et il m'a fait un clin d'œil, montrant clairement qu'il me taquinait.

Le triste, c'est qu'une partie de moi – la partie fille idiote et stupide – voulait encore croire en notre prétendu destin. Il y avait quelque chose de si simple là-dedans. Pourtant, c'était à la fois simple et terrifiant.

Même si je comprenais le pouvoir des sorcières et des sorciers et que j'avais grandi imprégnée des légendes et des mystères qui l'entouraient, c'était encore assez surprenant d'y réfléchir. Quelques sorcières il y a quelques siècles avaient jeté un sort sur deux familles qui était destiné à durer pour l'éternité. *Ça*, c'était une sorte de magie.

Chassant ces pensées, j'ai roulé des yeux et pris une gorgée de mon café, ramenant mon attention sur Ghost et les baguettes cassées. — Alors qu'a fait Juliette avec les baguettes ? Tu penses qu'elles signifient quelque chose ?

— Elle me les a apportées, et j'ai dit à Jacob que je passerais les déposer plus tard. Je pense qu'il vaut mieux qu'il les examine avant que je les répare. Tu ne penses pas ?

— Bien sûr, mais... Tu penses que c'étaient de vraies baguettes, pas juste des jouets ?

Puisque nous vendions l'équivalent de baguettes-jouets dans notre magasin, ce n'était pas fou de penser que deux enfants les avaient laissées quelque part en jouant. Le picotement dans mes doigts suggérait le contraire, mais la question valait la peine d'être posée.

Liam a pris une gorgée de café et a fermement hoché la tête. — Oh, elles étaient magiques, ça c'est sûr.

J'ai pris quelques gorgées de café, considérant ce que cela pouvait signifier, si tant est que ça signifiait quelque chose. J'étais aussi curieuse que Ghost les ait trouvées. Le vieux puits abandonné n'était pas très loin, mais il ne semblait pas beaucoup se promener.

— Eh bien, je suppose que nous verrons avec Jacob et nous aviserons ensuite. Je ne voulais pas vraiment aborder son commentaire sur sa mère, mais ça semblait en dire plus en l'ignorant. — Quant à ta mère, elle peut rejoindre le club avec la mienne et Tante Lea.

Il a ri. — Je suis sûr qu'elles ont déjà discuté.

Liam avait tendance à avoir une expression sobre. Avec ses traits sculptés, ses cheveux sombres et ses yeux bleu glace, il pouvait paraître intimidant. Quand il souriait, oh cela me faisait un effet fou.

J'ai pris une autre gorgée de café, levant les yeux quand la serveuse s'est arrêtée à notre table. — Vous avez besoin d'autre chose tous les deux ? Nous avons des scones frais et des mini-sandwichs au jambon si vous voulez.

— J'adorerais un mini-sandwich au jambon, a répondu Liam, ses yeux se tournant vers moi. — Et toi ?

— Je prendrai la même chose, ai-je dit.

Les mini-sandwichs au jambon ici étaient divins. Je n'en avais pas eu depuis des années. Notre serveuse a hoché la tête et s'est éloignée rapidement. Liam a posé un coude sur la table, son regard devenant plus sérieux. — J'allais te demander, as-tu entendu quelque chose concernant Lea ?

J'ai supposé qu'il avait entendu les mêmes rumeurs que moi sur sa santé. — Je suis inquiète. Maman aussi. Apparemment, elle va à Portland toutes les quelques semaines pour des rendez-vous médicaux. Elle ne veut pas dire à ma mère ce qui se passe. As-tu entendu quelque chose de Jacob ?

Liam a secoué la tête. — Pas plus que ça, mais il a l'air inquiet. Ce n'est pas un homme qui s'inquiète beaucoup habituellement.

— Je sais. J'espère qu'ils le diront à quelqu'un bientôt. Je n'avais pas prévu les choses ainsi, mais mon timing pour revenir à la maison était bon. Ma mère n'a pas le temps d'aider au magasin. Elle a déjà assez à faire avec la gestion de propriété.

— Et les jumeaux, a ajouté Liam avec un sourire.

— Que veux-tu dire ?

— Oh, juste qu'ils semblent difficiles à gérer. Je suis sûr qu'ils sont utiles, mais je ne peux pas les imaginer être responsables au magasin. Trop de magie à portée de main. Tu faisais déjà assez de bêtises avec Emma.

Le souvenir de ces jours où j'étais au lycée et où Emma et moi faisions des sottises a envoyé une vague de chaleur autour de mon cœur. C'était impossible de ne pas sourire. Malgré mes frustrations concernant la petite taille de Charm Cove et ce que c'était d'appartenir à ma famille unique, j'aimais cet endroit.

Je n'avais pas tout à fait réalisé à quel point ça m'avait manqué de pouvoir simplement me détendre sur qui j'étais. Ce n'était pas que c'était difficile de cacher le fait que j'étais une sorcière. Pour la personne moyenne, le pouvoir et la magie partagés entre les familles de Charm Cove relevaient des mythes et légendes. Pourtant, c'était une énorme partie de moi que j'avais dû cacher. Du moins, c'est ce que je pensais — tout ça parce que j'avais fait quelque chose d'impulsif et de stupide.

Je n'étais pas beaucoup plus âgée, mais trois ans c'est long en termes de maturité. J'étais définitivement plus sage.

— Les jumeaux font des bêtises la plupart du temps, mais ils sont bien intentionnés. Je pense qu'ils s'inquiètent aussi pour leur mère.

— Eh bien, Jacob m'a appelé ce matin et m'a dit qu'ils pouvaient enfin nous rencontrer avec le médaillon. Il ne dira à personne où il se trouve.

— Je sais. Ils sont ridicules. Comme si on allait le dire à quelqu'un, ai-je dit en levant les yeux au ciel.

Liam a haussé les épaules. — Je ne pense pas que ce soit une question de confiance en nous. Ils estiment que moins il y a de personnes qui savent, moins il y a de risques.

CHAPITRE VINGT

Le lendemain soir, Liam est venu à ma maison-carosse avec l'oncle Jacob et la tante Lea. Ghost n'était pas plus impressionné par eux que par moi et s'est fait un point d'honneur de rebondir sur l'épaule de Jacob lorsqu'il est entré.

Liam a ricané en voyant Jacob suivre Ghost du regard tandis que ce dernier atterrissait gracieusement sur le sol. Jacob, ayant dépassé depuis longtemps l'âge des enfantillages, a levé les yeux au ciel et secoué la tête, trop digne pour répondre.

Tante Lea est entrée dans un tourbillon de sa jupe vert émeraude et avec un mouvement de ses cheveux argentés par-dessus son épaule, paraissant aussi hautaine et élégante que d'habitude. Je l'ai observée attentivement, essayant d'évaluer son état. Elle avait toujours été mince, mais maintenant que j'y prêtais attention, elle semblait un peu plus décharnée que d'habitude. Elle paraissait également légèrement fatiguée. J'avais envie d'exiger qu'elle nous dise ce qui se passait, mais ce n'était définitivement pas le moment. Je les ai conduits à la petite table de la salle à manger, située à côté du comptoir de cuisine.

— Quelque chose à boire ? ai-je demandé.

— Je prendrai une bière, a répondu Liam.

Jacob a secoué la tête, tandis que tante Lea intervenait. — Je prendrai un verre de vin, s'il te plaît.

Je les ai rapidement servis tous les deux, donnant un verre d'eau à Jacob. J'avais déjà mis la table avec des assiettes et placé un plateau d'amuse-bouches au centre. Il aurait été inconcevable de recevoir quelqu'un sans offrir quelque chose à manger. J'avais préparé des feuilletés au homard – de petites pâtisseries garnies de homard et de fromage à la crème. Alors que Jacob s'est vite servi, je n'ai pas manqué de remarquer que tante Lea ne l'a pas fait.

Je me suis mentalement ressaisie. Ce n'était pas le moment de trop analyser quelque chose alors que je ne savais même pas si quelque chose n'allait pas.

Après quelques minutes de bavardage, Jacob a plongé la main dans la poche intérieure de son blazer. Il était l'exemple même du gentleman distingué, presque toujours vêtu d'un pantalon et d'un blazer. Même quand il portait un jean, il rentrait sa chemise et ajoutait un blazer, tout comme mon propre père. Tous deux avaient un air d'une époque révolue – comme s'ils avaient traversé un portail temporel du passé vers le présent.

Jacob a soigneusement posé le médaillon sur un morceau de laine rouge sur la table. Plusieurs jours s'étaient écoulés depuis que j'avais vu le médaillon dans son état brûlé. Cela me surprenait encore de le voir ainsi. Le médaillon était un cercle parfait. La face en argent sterling portait un blason complexe de notre famille gravé sur le devant. L'intérieur contenait une mèche de cheveux d'une ancienne sorcière de ma famille – une sorcière celte d'Irlande.

Le mélange des origines françaises et irlandaises dans ma famille relevait du mythe et de la légende. Le pouvoir et la magie étaient tissés à travers les deux branches de ma famille. L'histoire raconte qu'au début des années 1600, les deux familles se sont unies au Massachusetts avec le premier mariage d'une sorcière et d'un sorcier. Les détails restent flous quant au moment où le nom Wicked est apparu, mais on racontait que c'était une référence à la profondeur du pouvoir détenu par ces familles et à leur capacité à repousser toute menace.

Bref, je m'égare, ou peut-être pas. En somme, la mèche de cheveux appartenait à la sorcière de ce premier mariage. Elle avait prévu ce qui allait se passer à Salem, et comment cela déchirerait de nombreuses familles puissantes, laissant une tache de peur et de mort dans son sillage. Suite à son avertissement, les Wicked et les Good avaient migré vers le nord, dans le Maine. Sa capacité à voir les événements avant qu'ils ne se produisent était légendaire et avait sauvé les deux familles.

De nos jours, il ne faudrait que quelques heures pour aller du Massachusetts au Maine, mais à l'époque, se rendre de Salem, Massachusetts, jusqu'au milieu de la côte du Maine représentait des jours et des jours de voyage, suffisamment pour que peu de personnes fassent le trajet ou même l'envisagent. Les Wicked et les Good ayant quitté la région près de deux décennies avant que l'hystérie n'atteigne son paroxysme, les deux familles ont réussi à renforcer leur pouvoir loin des menaces auxquelles faisaient face d'autres familles magiques. Nous avons survécu et prospéré. North Salem n'était plus qu'un mythe maintenant, tandis que Charm Cove avait vu le jour.

Qui aurait pu savoir à l'époque que la ville deviendrait charmante et envoûtante pour les touristes ? La magie était exposée au monde entier dans le nom de la ville, pourtant personne ne s'en rendait compte.

Le médaillon reposait paisiblement au centre de la table. Sa face était presque entièrement brûlée. Jacob l'a ouvert avec précaution. Les cheveux à l'intérieur étaient intacts. La mèche noire et argentée était enroulée en un cercle serré.

Quand il a refermé le médaillon, j'ai poussé un silencieux soupir de soulagement. Bien que Liam ait le pouvoir de restaurer les objets à leur état d'origine, les cheveux de mon arrière-arrière-arrière-arrière-grand-mère n'étaient pas un objet. Pourtant, c'étaient les cheveux qui contenaient la magie. Je ne savais pas s'il lui était possible de restaurer la magie si les cheveux eux-mêmes avaient été brûlés.

Sur un signe de tête de Jacob, Liam a soulevé le médaillon. Le tenant dans ses mains, il les a refermées autour et a fermé les yeux. Nous étions tous complètement silencieux. L'air a commencé à bourdonner autour de nous, scintillant d'étincelles. Il m'était parfois difficile d'imaginer à quel point il était puissant.

J'avais essayé si fort de ne pas penser à la magie et au pouvoir qui l'accompagnait. En regardant Liam maintenant, son visage était calme et serein. L'air autour de lui a pris une teinte bleu lavande.

Tante Lea et Jacob étaient silencieux, et j'ai senti que tante Lea jetait un sort autour de nous. Elle avait le pouvoir de contenir, et je pouvais sentir la chaleur qui nous entourait, protégeant l'espace.

Après plusieurs instants, Liam a ouvert les yeux. Le bleu autour de lui a commencé à s'estomper. Les étincelles sont tombées lentement au sol, disparaissant hors de vue. Pendant ce temps, tante Lea maintenait le sort de protection autour de nous, tandis que j'étais prête à nous faire tous disparaître si nécessaire. Celui qui avait endommagé le médaillon nous surveillait probablement tous.

Liam a soigneusement reposé le médaillon en ouvrant ses mains. Il était en parfait état, sa surface entièrement réparée et sans ternissure. Littéralement comme neuf. Dans ce cas, neuf signifiait presque quatre cents ans. Le médaillon n'avait pas été vu ainsi depuis le jour de sa création. Même bien entretenu dans un étui protecteur, sa surface s'était ternie au fil des ans. Pourtant maintenant, il était parfait.

Jetant un coup d'œil à Liam, Jacob a dit : — Je savais que tu pouvais le faire.

Tante Lea est restée silencieuse, probablement parce qu'elle utilisait beaucoup de pouvoir pour maintenir le cercle autour de nous. Jacob a soulevé le médaillon dans ses mains. Entre sa capacité à voir les traces de sortilèges et la capacité du médaillon à nous dire qui l'avait jeté, c'était le moment de découvrir ce qui s'était passé cette nuit-là.

Jacob tenait le médaillon, les yeux fermés. L'air autour de nous a recommencé à bourdonner doucement. Après plusieurs moments, il a ouvert les yeux et reposé le médaillon. Il est resté silencieux en l'enveloppant dans le tissu et en le glissant dans la poche intérieure de son blazer.

C'est seulement alors qu'il nous a regardés, son regard légèrement perplexe. — Eh bien, j'avais raison que c'était l'un des Bishop. Un Bishop a lancé le sort qui a endommagé ce médaillon et le sort qui a été jeté la nuit où Alvin est mort.

Tante Lea a fait un cercle dans l'air avec sa main, laissant enfin tomber le sort de protection autour de nous. Il tiendrait un peu, mais s'affaiblirait sans son énergie complète. — Bon, lequel des Bishop l'a fait ? a-t-elle demandé.

— Un des jumeaux, a-t-il expliqué, toujours l'air perplexe. Le problème, c'est que le médaillon ne peut pas faire la distinction entre les jumeaux parce qu'ils sont identiques. Je suis confus parce que, eh bien, ça n'a pas de sens. Les jumeaux n'ont même pas beaucoup de pouvoir entre eux. Si on m'avait dit qu'ils avaient la capacité de lancer le sort pour endommager ce médaillon, je ne l'aurais pas cru. Le sort qui a été lancé la nuit où Alvin est mort n'était rien de plus qu'un sort de trébuchement. Certes, cela aurait pu le faire trébucher et tomber, mais ça n'explique pas pourquoi. Le sort était bénin, destiné à n'être rien de plus qu'une nuisance. Si le sort l'a fait tomber, ce n'était rien de plus qu'un terrible accident.

Nous étions tous les quatre assis silencieusement à la table. — Eh bien, ai-je finalement dit. La mère de Zoe est amie avec les jumeaux. Je lui parlerai.

— Il vaut mieux que nous gardions le silence jusqu'à ce que nous puissions leur parler, a dit Jacob.

Vraiment ? Comme s'il avait besoin de le préciser.

Peu après, tante Lea et oncle Jacob sont partis. Debout sur le pas de la porte, je les ai regardés descendre les dalles d'ardoise, Jacob ayant le bras autour de sa taille. Je ne savais pas ce qui se passait, mais il était clair que quelque chose n'allait pas. Bien qu'ils soient mariés depuis de nombreuses années maintenant et qu'ils aient toujours été connus pour être follement amoureux, tante Lea était aussi indépendante que possible. L'air que Jacob dégageait en ce moment était celui de protection et d'inquiétude – inhabituel pour lui. Tante Lea était incroyablement puissante et pouvait certainement se débrouiller seule.

En me retournant, j'ai trouvé Liam qui débarrassait les assiettes de la table et les portait au lave-vaisselle. Fermant la porte, je me suis dirigée vers le comptoir de la cuisine.

— Tu n'as pas besoin de faire ça. Je peux m'en occuper.

Il a levé les yeux du lave-vaisselle. — C'est déjà fait.

Appuyant mes coudes sur l'îlot central, je l'ai regardé. — Je m'inquiète pour tante Lea.

— Je sais. Moi aussi.

N'ayant rien de plus à dire à ce sujet, j'ai changé de sujet. — Bon, maintenant nous devons découvrir pourquoi l'un des jumeaux a lancé ce sort de trébuchement. Et comment diable pouvons-nous déterminer lequel c'était ? Et puis, Jacob est tellement coincé. Comme si on allait courir dans toute la ville en criant à propos du médaillon.

Liam a ri, se retournant et appuyant ses hanches contre le comptoir. — Tu le connais. Il est trop sérieux pour son propre bien la plupart du temps. Quant aux jumeaux Bishop et à distinguer la différence dans leur magie, peut-être devrais-tu demander à tes cousins.

J'ai ri. — En effet, c'est une bonne idée. Je le ferai demain.

Poussant ses hanches loin du comptoir, il s'est dirigé vers la porte, attrapant sa veste sur le crochet au mur et se tournant pour me faire face tandis que je m'approchais pour ouvrir la porte.

L'air a repris vie à nouveau. Cette fois, l'énergie qu'il contenait n'avait rien à voir avec la magie. C'était de la chimie pure et simple, le genre qui ne voulait tout simplement pas disparaître quand j'étais près de lui. Ses yeux bleu glacé se sont réchauffés, sa bouche se courbant à un coin.

Alors même que je me disais que je devrais avoir assez de bon sens pour ne pas embrasser Liam, sa tête s'inclinait vers la mienne, et j'ai oublié tout le reste. Il est parti quelques minutes plus tard, me laissant essoufflée, rougissante, et une fois de plus en besoin d'une douche froide.

CHAPITRE VINGT-ET-UN

En franchissant la porte d'entrée de la maison de mes parents, j'aperçus mon père qui traversait le couloir juste après l'entrée. « Salut, Papa », lançai-je.

Il jeta un coup d'œil dans ma direction, ses yeux bleus se plissant aux coins quand il sourit. En arrivant à ses côtés, il m'attira dans une rapide étreinte. « Bonjour, ma chérie. » Nous nous tournâmes à l'unisson pour nous diriger vers la cuisine. « Je suis désolé d'avoir été absent quand tu es revenue il y a quelques semaines. »

« Maman m'a dit que tu serais absent quelques semaines pour le travail. Tu as réussi à tout régler à Boston ? »

« Tout à fait. J'avais besoin d'un peu plus de temps pour finaliser quelques transactions commerciales. »

Entre autres choses, mon père dirigeait une société d'investissement qui dégageait un joli bénéfice année après année.

Ma mère nous interpella depuis sa position près de la cuisinière lorsque nous entrâmes dans la cuisine. « Bonjour, ma chérie. »

Je me glissai sur un tabouret en face d'elle tandis que mon père se dirigeait vers la cafetière dans le coin. « Salut, Maman. Qu'est-ce qu'on mange ce soir ? »

Elle remuait des légumes dans une poêle sur la cuisinière, ses yeux faisant un aller-retour rapide entre la poêle et moi. « Rien de spécial. Ton père voulait un sauté de légumes. Comment vont les choses à la boutique ? »

Avant que j'aie eu le temps de répondre, mon père m'interpella. « Un café ? » demanda-t-il en tenant la cafetière en l'air.

« Non merci, il est un peu tard pour que je prenne plus de caféine. »

Me tournant à nouveau vers ma mère, je repris le fil de notre conversation. « La boutique va bien. Ça devient de plus en plus animé. J'oublie toujours à quelle vitesse l'activité reprend. Tante Lea a dit qu'elle serait de retour demain. »

« As-tu entendu quelque chose de sa part sur ce qui se passe ? » demandai-je.

Ma mère soupira, éteignant le brûleur et posant la spatule sur le comptoir. « Rien. Elle a appelé pour me parler de ce que vous avez découvert grâce au médaillon hier soir. Tu penses que Zoe parlera avec sa mère ? »

« Bien sûr qu'elle le fera. Je lui en ai déjà parlé aujourd'hui. En attendant, je pensais demander aux jumeaux s'ils avaient des suggestions sur la façon dont nous pourrions distinguer les jumeaux Bishop. Pas en apparence, mais par magie », précisai-je.

Ma mère leva les yeux au ciel. « Oh oui, ce serait bien. Ces deux-là », dit-elle en secouant la tête.

Mon père se glissa sur un tabouret au bout du comptoir. Il avait quelque chose d'intemporel avec ses cheveux noirs parsemés d'argent, son visage buriné, mais ses yeux bleus toujours vifs. Il avait tendance à rester silencieux, mais je savais sans l'ombre d'un doute qu'il écoutait toujours.

« As-tu vu Liam récemment ? » demanda ma mère, ne se retenant pas d'être indiscrète.

C'était une question idiote, étant donné qu'elle savait parfaitement que je l'avais vu avec Tante Lea et Oncle Jacob ce soir-là.

« En fait, oui. Je l'ai croisé au Magic Beans hier matin. Entre autres choses, il m'a dit que Juliette avait vu Ghost près du puits abandonné au bout de la route. Quand elle est allée vérifier, elle a trouvé deux baguettes cassées. » J'étais ravie d'avoir quelque chose d'assez crous-tillant pour détourner l'attention de ma mère de Liam et moi.

Ma mère leva les yeux, ses sourcils se haussant. « Ah bon ? Et alors ? »

« C'est tout ce que j'ai pour l'instant. Liam a déposé les baguettes chez Jacob pour qu'il fasse son truc. Peut-être qu'après ça, Liam pourra les réparer si on pense que c'est nécessaire. »

Parce qu'elle ne pouvait tout simplement pas se retenir, ma mère enchaîna, sa curiosité concernant les baguettes trop fugace pour se contenir. « Alors vous avez juste pris un café ? »

« Oui, Maman. Nous avons juste pris un café », répondis-je, pinçant mes lèvres pour ne pas rire. Peut-être que si j'adoptais l'attitude de la taquiner avec des bribes d'information, j'apprécierais davantage sa frustration.

Jetant un coup d'œil à mon père, je vis qu'il luttait contre l'envie de rire. « Vas-y, ris, Papa. Tu connais Maman. »

Il regarda dans sa direction, son sourire affectueux. « En effet. Elle n'a que ton intérêt à cœur », offrit-il, haussant un sourcil vers ma mère.

Ma mère se détourna, ouvrant un placard de cuisine pour sortir des assiettes. « Oh, bon sang. Qu'est-ce qu'il y a de mal à espérer que tu reviennes enfin à la raison ? »

« Eh bien, c'est ta définition de la raison qui me rend folle. Pour l'amour du ciel, Liam vient juste de divorcer. Je viens juste de revenir en ville. On ne vit plus au Moyen Âge. On dirait que tu parles d'un mariage arrangé. »

Ma mère soupira et secoua lentement la tête en transférant le sauté de légumes de la poêle vers trois assiettes. « Un petit coup de pouce en chemin ne fait jamais de mal. »

CHAPITRE VINGT-DEUX

Le lendemain, j'ai poussé le rideau de perles à l'arrière de Potions & Cadeaux Persnickety, trouvant Tante Lea debout au comptoir en train de trier une boîte de remèdes. Les petites bouteilles en verre s'entre-choquaient doucement.

— J'ai demandé aux jumelles de faire un peu de nettoyage ici hier. J'espère qu'elles n'ont rien rangé au mauvais endroit, ai-je dit en m'approchant d'elle, appuyant mes hanches contre le comptoir.

Tante Lea s'arrêta, ses mains s'immobilisant. Elle plaça une autre bouteille dans un petit plateau et se tourna vers moi.

— J'ai remarqué. Merci. Je sais qu'elles font du bon travail avec les clients, mais elles sont un peu négligentes à l'arrière, a-t-elle offert avec un sourire.

Elle était assez indulgente avec les filles, mais nous l'étions tous. Bien que malicieuses, elles avaient bon cœur.

— Je suis heureuse de t'aider quand tu en as besoin.

En la regardant, j'ai réfléchi à la possibilité de lui demander simplement ce qui se passait. Pendant un instant, j'ai hésité. Mais j'ai continué.

— Tante Lea, je suis sûre que tu peux imaginer que tout le monde s'inquiète un peu pour toi. Peux-tu me dire si tu vas bien ?

Tante Lea, presque toujours autoritaire, hautaine, élégante et sans chichis, semblait légèrement incertaine. Son front se plissa tandis qu'elle tordait sa bouche. Après une profonde inspiration, la tension quitta son visage.

— Je sais, ma chérie. J'ai un cancer du sein. Je n'ai pas voulu en parler parce que je ne voulais inquiéter personne. Au début, il ne semblait pas que j'aurais besoin de beaucoup de traitement. Maintenant, ça a changé. Mon médecin pense toujours que je vais m'en sortir. Je suppose que je devrais le faire savoir à tout le monde.

Mon cœur se serra. C'était rare de voir de la vulnérabilité dans son regard, mais elle était là, scintillant dans les profondeurs de ses yeux. Je me suis approchée d'elle et l'ai prise dans mes bras.

— Tu vas surmonter ça. Je le sais. Je suppose que Jacob est au courant, ai-je dit, avec une pointe d'interrogation dans ma voix.

Tante Lea recula, souriant doucement.

— Bien sûr qu'il le sait. Et il s'inquiète. J'essaie constamment de lui dire que tout ira bien. Je ne suis pas très douée pour être malade, comme tu pouvais t'en douter. Je déteste quand les gens s'agitent autour de moi.

J'ai ri doucement.

— C'est ça qui t'inquiète ? Je vais interdire à tout le monde de s'agiter autour de toi.

Elle leva les yeux au ciel, tendant la main pour serrer mon épaule.

— Nous faire savoir ce qui se passe signifie que nous pouvons t'aider. De plus, si quelqu'un peut concocter un peu de magie pour t'aider, ce sont bien Maman et Tante Penelope.

La guérison n'était pas aussi simple que d'autres formes de magie. Ma mère et Tante Penelope, la troisième des trois sœurs, avaient quelques pouvoirs de guérison. Mais le cancer nécessiterait bien plus qu'un simple remède. J'ai réprimé l'envie de souligner qu'il aurait été bon qu'elle les informe plus tôt. Je pouvais seulement imaginer à quel point c'était difficile pour elle. Tante Lea avait tendance à aborder la vie comme si elle était invincible.

— Promets-moi que tu le diras à Maman aujourd'hui. Elle et Penelope voudront pouvoir t'aider.

Tante Lea soupira et leva les yeux au ciel, montrant un soupçon de son glamour habituel.

— Eh bien, je ne peux pas très bien te le dire et ensuite essayer de garder un secret pour elles.

Cette fois, j'ai levé les yeux au ciel.

— Hé, je ne suis pas la commère ici. Je ne fourre pas mon nez dans les affaires de tout le monde. Enfin, seulement parfois.

Tante Lea rit doucement.

— En parlant de nouvelles, ces deux baguettes que Juliette a trouvées appartiennent aux jumelles Bishop. Heureusement que Ghost se promenait par là. Et en parlant de ça, pourquoi est-ce qu'à chaque fois que quelque chose surgit, toi et Liam en discutez ? a-t-elle demandé d'un ton malicieux.

J'ai mis une main sur ma hanche et l'ai fusillée du regard.

— Tu ne t'arrêteras jamais, n'est-ce pas ? Nous avons encore un indice qui pointe vers les jumelles Bishop, et tu passes là-dessus pour me questionner sur Liam.

— C'est juste parce que je t'aime, a-t-elle répondu en haussant un sourcil.

Devant mon hochement de tête négatif, elle a poursuivi :

— Quant aux indices, il n'y a pas grand-chose à faire avec celui-là. Nous devons attendre et voir. Bien que Jacob ait pu déterminer à qui appartenaient les baguettes, elles étaient complètement endommagées et vidées de leur magie. Même après que Liam les ait restaurées, elles n'étaient rien de plus que des baguettes décoratives.

— Bon sang. Ils voulaient vraiment que ces baguettes soient inutilisables.

— Je dirais bien. Quoi qu'il en soit, revenons à Liam...

Je l'ai coupée.

— S'il te plaît. Laisse tomber, ai-je dit fermement.

Tante Lea, de retour en pleine forme à ce stade, a simplement pincé les lèvres et m'a fixée de ses yeux brillants.

— Tu tergiverses. Le destin est le destin, et il n'y a rien que tu puisses faire pour l'arrêter.

Je savais qu'il était inutile de débattre de cette question, alors j'ai changé de sujet.

— As-tu besoin d'aide ici cet après-midi ?

— Merci, mais non. Les jumelles seront là bientôt.

— En parlant des jumelles, est-ce que Jacob peut faire la différence entre leur magie ?

Tante Lea hocha la tête, suivant facilement mon raisonnement.

— Bien sûr. Mais ce sont ses filles. Je veux dire, il les connaît aussi bien que quiconque. Distinguer les jumelles Bishop est une autre affaire. Ce sont des jumelles identiques, et tout comme Celia et Delia, leurs pouvoirs le sont aussi.

— Ça te dérange si je pose des questions aux jumelles à ce sujet ?

— Vas-y, a-t-elle dit avec un sourire. Elles travailleront cet après-midi, mais tu pourrais toujours passer les prendre plus tard.

— Parfait. Je pensais passer voir si Emma voulait prendre un café, alors peut-être que nous pourrons les retrouver plus tard.

CHAPITRE VINGT-TROIS

Le soir même, j'étais accoudée à une table de l'Enchanted Spirits. J'avais passé l'après-midi avec les jumelles. Je les avais soudoyées avec du café et des muffins chez Magic Beans. Pour ce que ça valait, je n'avais pas appris grand-chose. Elles affirmaient qu'il n'existait qu'une seule façon de distinguer leur magie : la couleur. Elles juraient que lorsque Celia jetait des sorts, il y avait un miroitement violet, tandis que c'était bleu pour Delia. Elles supposaient que pour les jumelles Bishop — Sally et Rae — ce serait pareil.

Emma m'avait accueillie à la porte de la maison quand j'avais déposé les jumelles et m'avait accompagnée à l'Enchanted Spirits. Nous n'avions pas été autorisées à y venir avant notre majorité, moment où j'étais déjà à l'université. À ce moment-là, j'avais déjà causé la petite catastrophe en mettant le feu à un bâtiment, donc c'était la première fois que je venais ici depuis des années.

Je jetai un coup d'œil au vieux bar. Contrairement à de nombreux établissements du centre-ville de Charm Cove, l'Enchanted Spirits était déjà un pub à l'origine. Il occupait tout le rez-de-chaussée du North Salem Inn. Contrairement à beaucoup d'entreprises de cette époque, la famille n'avait pas choisi de changer le nom.

Le rez-de-chaussée de l'auberge abritait la réception d'un côté et le pub de l'autre. Le pub servait, sans surprise, des plats de pub standard avec une touche locale. Dans le Maine côtier, cela incluait des fruits de mer frits, des hamburgers, des frites et autres, et bien sûr, des sandwichs au homard. On ne pouvait pas faire dix pas dans une ville du Maine côtier sans voir une enseigne pour des sandwichs au homard. Le débat sur qui préparait les meilleurs sandwichs au homard durerait pour l'éternité, ou du moins je le pensais.

L'Enchanted Spirits gardait ses sandwichs au homard simples avec rien d'autre que du beurre fondu et du homard frais du port de Charm Cove. Je regardai Emma de l'autre côté de la table. Emma était la fille aînée de Tante Lea et Oncle Jacob, et nous avions grandi ensemble, aussi proches que des sœurs. Être au milieu de mes frères et sœurs me laissait souvent prise entre deux feux, sans jeu de mots. J'avais deux frères aînés et deux frères cadets, donc Emma était ce qui se rapprochait le plus d'une sœur pour moi.

Elle avait les cheveux noirs de sa mère et les yeux bleus de la famille Good. Emma était très puissante, comme moi d'ailleurs. Ce n'était pas quelque chose que je m'étais permis de considérer récemment, mais j'avais hérité du pouvoir des deux côtés de ma famille. Mon père était un Wicked, descendant direct du mariage originel, tandis que ma mère venait de la famille Levesque, également puissante à sa manière.

— Alors, on dirait que les filles ne t'ont pas appris grand-chose, dit Emma, reprenant le fil de notre conversation.

Je ris doucement et bus une gorgée de ma bière. — Je ne dirais pas que c'était rien. Elles jurent que leur magie a des couleurs différentes. Mais penses-tu qu'elles l'ont simplement inventé ?

Emma secoua la tête en prenant une gorgée de sa bière. — Certainement pas. Je l'ai vu moi-même. Dieu sait comment ça va t'aider à déterminer laquelle des jumelles Bishop a lancé ces sorts. As-tu vu une couleur ce jour-là au magasin avec le médaillon ?

Je marquai une pause, mon souvenir remontant à cet après-midi-là. L'éclair de lumière était principalement doré vif, mais avec une teinte orange. Rencontrant le regard d'Emma, je haussai les épaules. — En quelque sorte, si un peu d'orange compte. Mais ce n'est pas comme si elles allaient l'admettre. Je te jure, une chose qui ne m'a pas manqué à Charm Cove, c'est tout ce drame. Tu aurais pensé que ma vie aurait été plus excitante à New York. Mais non. Les choses sont toujours plus excitantes ici.

Emma sourit, appuyant son coude sur la table. Elle resta silencieuse un moment. — Je suis contente que tu sois revenue. J'espère que tu resteras, dit-elle finalement.

La regardant, je sentis la boule de tension dans ma poitrine se relâcher légèrement. Une chose sur laquelle je pouvais toujours compter avec Emma, c'est qu'elle ne me mettrait pas la pression. Elle pourrait me taquiner, mais c'est tout. Elle comprenait parfaitement ce que c'était de grandir dans notre famille et de gérer le poids des attentes tout au long de notre enfance.

D'autres enfants s'inquiétaient d'aller dans l'université de leurs parents, de maintenir leurs notes, ou de reprendre l'entreprise familiale. Pendant ce temps, nous nous inquiétions de choses comme un destin vieux de plusieurs siècles, et de savoir si nous aurions les pouvoirs surnaturels dont nous avions besoin pour faire ce que nous étions censés faire dans nos vies.

Ça pouvait devenir un peu lourd. Pour ainsi dire.

— Tu sais, j'avais mes raisons de rester loin, mais je vais probablement rester. N'ose même pas courir le dire à tout le monde, dis-je, m'arrêtant pour agiter mon doigt dans sa direction.

Emma leva les yeux au ciel. — Tu sais que je ne ferais pas ça.

— Je suppose que je pensais qu'en m'installant quelque part où il n'y avait pas de magie à chaque coin de rue, je pourrais oublier cette partie de moi-même. Mais c'est plutôt impossible.

— Eh bien, tu t'es donné quelques années loin d'ici. À part nos familles, personne ne sait ce qui s'est passé entre toi et Liam, si ce n'est que vous avez rompu. Ce n'est pas comme si tu devais en avoir honte.

— J'ai mis le feu à un bâtiment, Emma, dis-je avant de prendre une gorgée de bière bien nécessaire.

Emma rit puis haussa les épaules. — Et alors ? Personne n'a été blessé. Tu étais juste un peu jalouse. En plus, cette fille était une idiote. Je l'ai rencontrée une fois, tu sais.

— Vraiment ? demandai-je, incapable de résister à ma curiosité.

Emma hocha la tête, faisant une pause quand notre serveuse s'arrêta à notre table. — Qu'est-ce que je peux vous servir, les filles ?

— Je prendrai un sandwich au homard, et une autre bière tant que vous y êtes, répondis-je.

— Pareil pour moi, ajouta Emma.

Avec un signe de tête, notre serveuse s'éloigna.

— D'accord, donc tu as rencontré l'ex de Liam ? demandai-je, me souciant beaucoup trop de sa réponse.

— Bien sûr. Vanessa était correcte. C'était évident dès le début qu'ils n'auraient probablement pas dû se marier. Je veux dire, c'était juste une fille ordinaire. Certes, Liam est super séduisant, mais c'était environ six mois après leur première rencontre. On pouvait déjà voir qu'elle l'agaçait. Je suis contente qu'il soit revenu à la raison. Et maintenant, vous êtes tous les deux de retour à la maison. Qu'est-ce que tu crois que ça signifie ?

— Oh, s'il te plaît. Ne commence pas avec toute cette histoire de destin.

Emma leva les yeux au ciel. — Je ne parle pas de destin. Je parle du fait que vous êtes tous les deux encore fous l'un de l'autre.

Je sentis mes joues chauffer et me contentai de secouer la tête en riant. — Peut-être, peut-être pas. Mais cette fois, je veux qu'on ait une chance d'y arriver sans que ce soit d'abord une affaire réglée par tout le monde dans nos familles.

— C'est juste, dit-elle.

— Alors qu'est-ce qui se passe avec toi ? Est-ce que tu vois quelqu'un en ce moment ? demandai-je, détournant l'attention de moi.

Emma haussa les épaules. — Je ne sais pas.

— Comment ça, tu ne sais pas ?

— Eh bien, tu sais que je voyais Joey Hanson, ce type de Brunswick, n'est-ce pas ?

— Oui, je l'ai rencontré quand j'étais ici l'année dernière pendant les fêtes. Il semblait gentil.

— Il l'est, mais il a un peu paniqué un jour quand je ne faisais pas attention. J'ai accidentellement jeté un sort devant lui le mois dernier. Il ne m'a plus appelée depuis. Si tu te demandes si ça vaut la peine de cacher ta magie, ce n'est pas le cas, dit-elle avec un soupir.

— Tu as essayé de lui parler ?

Les sorcières et les sorciers avaient tendance à se marier au sein du monde magique, mais pas toujours. Malheureusement, il y avait beaucoup de doutes et de peurs concernant l'existence même des sorcières dans le monde, donc la réaction de Joey n'était pas si surprenante.

— J'ai essayé de lui demander s'il voulait discuter, mais il ne m'a toujours pas rappelée.

— Eh bien, qu'il aille se faire voir, proposai-je.

— Je dois cultiver cette attitude. Il a complètement flippé pour quelque chose de si petit. Tout ce que j'ai fait, c'est faire fleurir une fleur triste. Je peux certainement comprendre pourquoi tu pensais que ce serait plus facile de simplement faire comme si la magie n'existait pas, dit-elle avec un sourire désabusé.

— Parfois, je pense encore que ce serait plus simple. Mais nous ne pouvons pas être autre chose que qui nous sommes, ou du moins c'est ce que j'essaie de me dire.

Emma jeta un coup d'œil vers la porte d'entrée, ses yeux s'illuminant. — Tiens, regarde qui voilà, c'est Liam.

Je lui lançai un regard noir. — Est-ce que ça va être comme ça ? Chaque fois qu'il se trouve dans les parages, c'est un *événement*.

Emma haussa les épaules. Si elle n'était peut-être pas aussi insistante que sa mère, elle était tout aussi impénitente et tout aussi franche. Comme en témoignait son commentaire suivant.

— Oh, je ne vais peut-être pas continuer à parler de destin, de sort et de toutes ces conneries, mais tu avais vraiment le béguin pour lui. Je ne pense pas que tu l'aies jamais oublié.

En quelques minutes, Liam s'était glissé dans la banquette à côté de moi, tandis que son cousin Nathan s'asseyait à côté d'Emma.

Nathan me sourit. — Eh bien, salut, salut. J'ai entendu dire que tu étais de retour en ville.

— En effet. Comment vas-tu, Nathan ? J'ai entendu dire que tu diriges maintenant le phare.

Il afficha un sourire espiègle. Le charme ne manquait pas dans la famille Good. — C'est bien ça.

— Ça te plaît ? demandai-je.

— C'est facile comme bonjour. Il fonctionne encore à la magie. Je ne peux même pas appeler ça du travail, répondit-il.

— Difficile de croire que ce vieux sort fonctionne encore, commentai-je.

— Je sais, pas vrai ? Tout ce que j'ai à faire, c'est entretenir le bâtiment lui-même, dit-il avec un sourire.

Emma lui donna un coup de coude. — Tu ne prends jamais rien au sérieux.

Nathan la regarda. — Qui dit que la vie doit être prise au sérieux de toute façon ?

— Eh bien, tu pourrais prendre plus au sérieux le fait que personne ne semble savoir ce qui est arrivé à Alvin, dit-elle avec un soupir.

À sa décharge, Nathan se calma immédiatement. — Je sais. Alvin était un type décent. Avons-nous un indice ? Parlons-nous toujours d'un meurtre ou était-ce un accident ? J'ai entendu dire que tu as réparé ce médaillon, dit-il, faisant un geste vers Liam.

À ce moment, notre serveuse arriva pour servir les sandwichs au homard, nous donner des bières fraîches et livrer comme par magie à Liam et Nathan leur bière pression préférée. Clairement, ils étaient des habitués ici. — Autre chose les garçons ? demanda-t-elle, une légère rougeur apparaissant sur ses joues.

Je retins un gémissement et résistai à l'envie de lever les yeux au ciel. Si j'avais oublié l'effet que les hommes de la famille Good avaient sur les femmes de la ville, j'en étais promptement rappelée. Nathan était aussi diaboliquement beau que Liam avec les mêmes cheveux noirs de jais et les yeux bleu glace. Il n'était pas aussi grand et n'avait pas l'air aussi intimidant, se tenant avec une attitude désinvolte, mais il était tout aussi séduisant et attirait de nombreux regards.

Ils commandèrent respectivement tandis que Nathan flirtait sans vergogne avec la serveuse. Dès que la serveuse s'éloigna, les joues écarlates au terme de l'échange, Emma le poussa à nouveau du coude. — Tu n'as aucune honte. Tu sais que cette fille a un terrible béguin pour toi. Tu ne vas jamais t'impliquer avec elle, alors tu ne devrais pas l'encourager.

Nathan arqua un sourcil, et c'est alors que je me rendis compte que l'attitude d'Emma envers lui était un peu plus piquante que ce à quoi je m'attendais. Même avec l'éclairage tamisé, je pouvais voir la rougeur sur ses joues.

— Rien de tel qu'un petit flirt amusant. En plus, pourquoi ça t'intéresse ? Tu as ton petit ami de Brunswick.

— Ça n'a rien à voir avec moi, dit Emma avec un soupir. En plus, Joey et moi avons rompu. Pas que ça te regarde. J'aimerais juste mettre les choses au clair avant que tu continues à me faire chier à ce sujet.

Liam croisa mon regard, et j'ai failli éclater de rire. Comme d'habitude, le seul indice de ce qu'il pensait était une étincelle dans ses yeux et le plus léger frémissement au coin de sa bouche. J'aurais aimé qu'il ne m'affecte pas, mais c'était le cas. Terriblement. Un petit frisson me parcourut le ventre. L'ignorant, je détournai la conversation. — En parlant d'Alvin, j'ai entendu Tante Lea dire que Jacob a confirmé que ces baguettes cassées appartenaient aux jumelles Bishop, mais quoi qu'il leur soit arrivé, cela a effacé toute magie qu'elles possédaient.

Liam hocha la tête avant de boire une gorgée de bière. La reposant, il regarda autour de la table. — À peu près. Nous pensions que peut-être après les avoir restaurées, cela aiderait, mais sans succès. Quoi qu'elles aient fait, ou quelqu'un d'autre, cela a effacé toute magie des baguettes.

Emma secoua lentement la tête. — Sally et Rae sont pratiquement les dernières personnes que j'aurais pensé avoir quelque chose à voir avec, eh bien, quoi que ce soit. Je veux dire, elles vivent ensemble depuis toujours, elles restent discrètes, et... C'est juste bizarre qu'elles apparaissent sans cesse autour de cette histoire avec Alvin et le médaillon.

— Exactement. Je ne le dis pas méchamment, mais ce sont juste deux gentilles dames, dit Nathan. J'avais même oublié qu'elles étaient des sorcières avant que tout ça n'arrive.

J'essayai de me rappeler la dernière fois que j'avais vu les jumelles Bishop. Elles allaient pratiquement partout ensemble et se ressemblaient comme deux gouttes d'eau. Bien que de nombreux indices pointent dans leur direction, rien ne semblait indiquer un mobile quelconque. Alvin était mort, notre médaillon avait été endommagé et maintenant ces baguettes aléatoires étaient cassées sans raison apparente. Rien de tout cela n'avait de sens.

Avec un hochement mental, je me mis à manger. Nous pouvions

spéculer autant que nous le voulions, mais maintenant, nous avions besoin de plus que cela. Nous avions besoin d'un autre indice.

———

Quelques jours plus tard, Zoe nous apporta des nouvelles. Sa mère avait confirmé que les deux jumelles Bishop étaient bel et bien en ville la nuit où Alvin s'était noyé dans la fontaine.

— Mais ce n'est pas le plus gros morceau, annonça Zoe.

— Quoi d'autre ? demanda Celia, les yeux brillants et beaucoup trop curieux.

— Rien que tu aies besoin d'entendre. Pourquoi n'allez-vous pas chercher des cafés pour nous tous ? demandai-je, sortant un billet de vingt de mon sac.

Delia fut aux côtés de Celia en un éclair. — Oui ! Nous revenons tout de suite, annonça-t-elle, passant son bras sous celui de Celia tandis qu'elles sortaient en sautillant.

Dès qu'elles furent hors de vue, je me tournai vers Zoe. — Ok, balance tout.

Zoe sourit. — Apparemment, Alvin allait chez elles *tout* le temps. Ma mère est assez convaincue qu'il sortait avec l'une d'elles, mais elle n'a jamais pu déterminer laquelle.

— Tu es sérieuse ? demandai-je.

— Complètement.

— Eh bien, hmmm. Je me demande ce que ça signifie.

— J'en sais rien, mais Maman les invite à prendre le thé toutes les quelques semaines, donc nous nous trouverons simplement là par hasard la prochaine fois que ça arrivera.

CHAPITRE VINGT-QUATRE

Ma mère se tenait au milieu de la cuisine, fusillant tante Lea du regard. — Je n'arrive pas à croire que tu n'aies rien dit plus tôt ! Elle leva les mains au ciel avant de se détourner.

Je me trouvais derrière elle, si bien que je vis les larmes qui brillaient dans ses yeux. Comme moi et le reste de notre famille, ma mère avait tendance à se mettre en colère quand elle était émue.

Elle croisa mon regard, sa bouche s'affaissant d'un côté tandis qu'elle prenait une respiration tremblante. Elle fit volte-face et s'avança rapidement vers tante Lea qui était assise près du comptoir de la cuisine, lui jetant les bras autour du cou et lui donnant une étreinte serrée. Quand elle recula, ses larmes coulaient librement.

— J'étais tellement inquiète. Nous tous l'étions. As-tu parlé à Penelope ? demanda-t-elle.

Comme invoquée par son nom, la voix de ma tante Penelope résonna depuis l'entrée. Le bruit de la porte d'entrée qui se fermait derrière elle et ses pas suivirent son salut.

Les yeux de tante Lea brillaient de larmes quand Penelope entra dans la cuisine, s'arrêtant sur le seuil tandis qu'elle regardait tour à tour ma mère et tante Lea. Penelope était la plus jeune des trois et partageait les mêmes cheveux argentés striés de noir et les mêmes yeux vert vif. Elle était belle et élancée. Elle se tenait avec la même élégance, bien qu'avec une touche plus fantaisiste. Aujourd'hui, elle portait une jupe rose avec d'énormes marguerites dessus, associée à un chemisier blanc et fluide. Alors qu'elle posait une main sur sa hanche, ses bracelets d'argent tintaient doucement.

Je me demandais parfois si porter des tas de bracelets était un facteur génétique. On pourrait le penser. Chaque femme parmi les Wickeds et les Goods portait généralement un bracelet à breloques et une tonne d'autres, à l'exception d'Emma et moi. Bien sûr, ce n'étaient pas des bracelets à breloques ordinaires. Les breloques contenaient de la vraie magie. J'avais caché le mien après l'incident de la brûlure. L'une des breloques représentait supposément quelque chose qui lierait Liam et moi. Vous savez, toute cette histoire de destin.

Penelope entra dans la pièce, s'arrêtant entre ma mère et tante Lea. Jetant un coup d'œil entre elles et moi, elle demanda : — Pourquoi tout le monde pleure ?

Quand ses yeux se posèrent sur moi, je me rendis compte que mes propres joues étaient humides.

Tante Lea prit une profonde inspiration avant de parler. — Je voulais vous le dire à toutes les deux. J'ai un cancer du sein. Je vais m'en sortir, dit-elle fermement, comme si elle pouvait le faire advenir par sa seule volonté.

Les yeux de Penelope se remplirent de larmes et puis les trois se retrouvèrent dans une étreinte collective. Quand elles se séparèrent, je lançai : — Je fais du thé ?

— Oui, s'il te plaît, dit ma mère, s'éloignant du comptoir de la cuisine. Elle se précipita dans la salle de bain et revint avec une boîte de mouchoirs.

Même moi j'en avais besoin pour essuyer mes yeux. Je mis l'eau à chauffer et sortis des tasses du placard de la cuisine.

Elles restèrent silencieuses quelques instants. Penelope et ma mère se regardèrent puis regardèrent tante Lea. — Bon, on va voir ce qu'on peut faire. Que dit ton médecin ? demanda Penelope.

Après avoir tamponné ses larmes, tante Lea prit une profonde inspiration, se ressaisissant. — Elle pense que tout ira bien. J'aurais probablement dû vous le dire plus tôt, mais au début, ils ne pensaient pas que j'aurais besoin d'une opération. Maintenant, ils le pensent. Jacob est inquiet, et j'ai juste senti que c'était le moment de vous le faire savoir.

—J'aurais aimé que tu nous le dises plus tôt, dit Penelope.

Tante Lea soupira. — Je n'aime pas déranger, et vous savez que je déteste qu'on s'agite autour de moi.

— Dit la femme qui s'agite autour de tout le monde, répliqua ma mère en levant les yeux au ciel.

Je ricanai, sortant un assortiment d'options de thé et les disposant sur le comptoir.

Penelope regarda tante Lea et secoua la tête. — Tu te plains peut-être qu'on s'agite autour de toi, mais nous allons le faire quand même, alors fais avec.

Tante Lea haussa les épaules. — Je vais bien. Je m'en *sortirai*. S'il vous plaît, assurez-vous d'être là pour Jacob. J'espérais que l'une de vous pourrait venir à Portland avec moi pour l'opération.

—Je viendrai, dirent Penelope et ma mère à l'unisson.

Après un peu plus d'inquiétude pour tante Lea, elle insista pour qu'elles cessent de s'inquiéter pour elle pour le moment. — Passons à autre chose. J'aimerais savoir si Zoe a eu l'occasion de parler à sa mère, dit-elle, tournant son regard vers moi.

— Ouais. On va se trouver là quand Sally et Rae iront prendre le thé. C'est demain après-midi. En attendant, Daniel n'offre pas grand-chose. Zoe pense qu'il est occupé à vérifier des alibis et à essayer de déterminer si ça pourrait simplement être un accident.

— Ce n'était pas un accident. Je ne sais pas si quelqu'un avait l'intention de tuer Alvin, mais nous savons par Jacob qu'un sort a été lancé cette nuit-là par l'une des jumelles Bishop. Et ces deux-là... Tante Lea secoua lentement la tête.

— Ces deux-là quoi ? demandai-je.

— Elles sont juste farfelues. Je veux dire, Celia et Delia sont si semblables, mais elles sont aussi tellement différentes. Sally et Rae portaient les mêmes vêtements au lycée. Tout correspond chez elles. J'ai trouvé que c'était un peu trop.

Ma mère intervint. — Exactement les mêmes personnalités aussi. Elles ne se ressemblent pas seulement, elles agissent pareil. Ce que j'aime chez Celia et Delia, c'est qu'elles sont si différentes. Je veux dire, parfois elles me rendent folle, mais c'est amusant.

Tante Lea acquiesça. — Je sais. Je m'en plains, mais j'adore qu'elles soient si difficiles à gérer.

Les sujets passèrent à des questions plus légères. J'étais soulagée que la situation de tante Lea soit mise au grand jour. Nous pouvions être inquiètes, mais au moins nous savions ce qui se passait, et nous pouvions être là pour elle maintenant.

CHAPITRE VINGT-CINQ

L'après-midi suivant, je posais mes pieds sur le pouf chez Betsy Baker. Betsy était la mère de Zoe et connue sous le nom de Bets par tous ceux qui la connaissaient. J'avais passé tellement de temps ici en grandissant que c'était presque comme chez moi. Bets vivait dans une vieille maison coloniale. C'était un rectangle avec de grandes fenêtres partout, et chaque pièce formait presque un carré parfait. Les parquets en bois dur et les hauts plafonds lui conféraient une atmosphère classique.

L'actuel salon était autrefois le salon de réception. Il y avait encore quelques antiquités éparpillées ici et là, mais Bets avait un nouveau canapé d'angle confortable avec un énorme pouf au centre. Zoe et moi étions affalées pendant que nous sirotions du thé et grignotions des biscuits. La famille de Zoe était un mélange de français et de britannique. Fidèles à la tradition britannique, ils appréciaient le thé chaque après-midi. Comme promis, Bets nous avait invitées à nous trouver opportunément ici quand elle recevrait Sally et Rae, les jumelles Bishop, pour le thé. Apparemment, elle faisait cela avec elles toutes les quelques semaines.

Quand la sonnette retentit, je pouvais entendre les pas de Bets qui se dirigeait vers la porte d'entrée. Sa voix porta jusqu'au salon. « Bonjour, mesdames, c'est si gentil de votre part d'avoir pu venir aujourd'hui. »

En quelques secondes, Bets escortait Sally et Rae dans le salon. Je ne les avais pas vues depuis des années, mais elles avaient toujours la même apparence. Elles avaient toutes deux des cheveux roux parsemés de blanc et de grands yeux bleus. Contrairement à Celia et Delia, je n'arrivais pas à les distinguer, même pour sauver ma vie. Je supposais que je pouvais différencier Celia et Delia uniquement parce que je les connaissais depuis qu'elles étaient bébés. Un détail mineur sur lequel je pouvais compter pour les distinguer était leurs yeux. Celia avait l'œil gauche légèrement plus grand, tandis que Delia avait l'œil droit légèrement plus grand.

Sally et Rae s'installèrent dans deux fauteuils face au canapé, tandis que Bets et Zoe bavardaient avec elles comme s'il s'agissait d'un thé ordinaire. Zoe et moi avions convenu que je jouerais le rôle de la curieuse qui venait de revenir en ville. Je voyais cela comme jouer à la maligne-idiote. Lorsque la conversation s'orienta vers des commérages plus anodins, comme le fait que le club de marche de Beatrice Powers encombrait les trottoirs du centre-ville le matin, je décidai de me montrer curieuse. Plutôt que de les laisser trop à l'aise, je me dis que j'aurais peut-être plus de chance en intervenant.

— Alors, mesdames, que pensez-vous de toutes ces rumeurs sur ce qui est arrivé à Alvin Pearson ?

Sally et Rae se regardèrent puis me regardèrent à l'unisson. Leur expression était calme, cependant elles avaient chacune une légère rougeur sur les joues. Étant moi-même de peau claire, j'éprouvai un pincement de culpabilité. S'il y avait une chose impossible à cacher, c'était bien le fait de rougir. Avec leurs cheveux roux et leur peau pâle, il n'y avait aucun moyen de le masquer.

Les yeux de Sally se plissèrent avant qu'elle ne prenne une gorgée de thé. Reposant soigneusement la tasse sur la table à côté d'elle, elle remonta ses lunettes sur son nez. — Eh bien, nous sommes bien sûr aussi préoccupées que tout le monde. Nous espérons que ce n'était rien de plus qu'un terrible accident.

Zoe intervint. — C'est tellement triste. Alvin m'aidait à déneiger mon escalier en hiver quand j'avais ce petit appartement en location au centre-ville.

Bien que nous ayons assuré à Bets qu'elle pouvait rester en retrait, elle se lança immédiatement. Mais j'aurais dû m'y attendre. Bets était une force avec laquelle il fallait compter. C'était une sorcière puissante à part entière et elle avait tendance à être au cœur de tout ce qui se passait à Charm Cove. Avec ses courts cheveux argentés et ses yeux bleus perçants, elle vibrait littéralement d'énergie. Comme je l'aurais deviné, elle alla droit au but. — Je me demandais si vous deux saviez quelque chose, dit-elle d'un ton innocent. Je sais qu'Alvin vous rendait souvent visite chez vous.

Rae jeta un regard en coin à Sally puis revint à Bets avant d'éclater en sanglots. En quelques secondes, elle pleurait et gémissait en répétant le nom d'Alvin encore et encore. On pouvait dire sans se tromper qu'elle avait un style plutôt dramatique pour pleurer.

Pendant ce temps, Sally semblait troublée, son regard passant de l'une à l'autre parmi nous. — Pourquoi es-tu si bouleversée ? demanda-t-elle à Rae, d'un ton légèrement agacé.

Rae arrêta de pleurer assez longtemps pour plisser les yeux vers sa sœur. Je n'avais aucune idée de ce qui se passait entre elles, mais elles semblaient avoir toute une conversation sans dire un mot.

— Tu sais parfaitement pourquoi je suis bouleversée. Tout ça, c'est ta faute, finit par dire Rae avec un reniflement.

Oh, chouette. Peut-être allions-nous réellement progresser avec elles.

— Qu'est-ce qui est sa faute ? demanda Bets.

— Ce n'était qu'un accident, marmonna Rae, ses joues devenant rouges et les larmes coulant à nouveau avec un autre gémissement.

— Quel accident ? demandai-je, jetant discrètement un regard à Zoe.

Elle leva sa tasse de thé et prit une lente gorgée en haussant un sourcil.

— Alvin avait une liaison avec Sally, dit Rae entre deux reniflements.

— Une liaison ? répéta Bets.

— C'était plutôt l'inverse, dit Sally d'un ton pointu. Alvin avait une liaison avec Rae.

J'intervins. — D'accord, laissez-moi voir si je comprends bien. Alvin n'était-il pas marié ?

Sally et Rae hochèrent la tête à l'unisson. Bets ajouta : — Il était marié à Janet Pearson. Elle a pris sa retraite de l'enseignement il y a quelques années. Elle est rarement là parce que sa mère est dans une maison de retraite à Portland.

— Très bien, donc il semble qu'Alvin avait une liaison avec vous deux. C'est bien ça ? demandai-je.

— Non ! s'exclamèrent-elles à l'unisson, chacune rivalisant pour l'honneur de paraître la plus offensée.

Bets rompit l'impasse. — Qu'entendez-vous par liaison ?

Les joues de Rae prirent une teinte plus foncée, tandis que les lèvres de Sally se pincèrent. — Ce ne sont pas vos affaires, mais Janet n'était jamais là, et Alvin avait, eh bien... des besoins.

— D'accord, donc une liaison classique, ajoutai-je.

Avec un soupir exaspéré, Sally hocha la tête.

— Il semble donc que vous deux avez été dupées par Alvin, offrit Bets.

Sally et Rae cessèrent enfin de se fusiller du regard et regardèrent Bets. Sally souffla à nouveau et se laissa aller contre son fauteuil. — Il est tombé amoureux de moi en premier. Mais il m'a menti.

— Tu penses seulement avoir été avec lui en premier, dit Rae avec un soupir. Il nous a menti à toutes les deux.

— Ah. Eh bien, on dirait qu'Alvin avait un arrangement plutôt pratique, dit Bets.

Oh là là. Mes sens étaient en feu, avec un picotement dans la colonne vertébrale et des fourmillements dans les doigts. Tout ça pour un homme infidèle qui s'envoyait en l'air avec des jumelles ! Je restai concentrée sur la conversation, espérant que Sally et Rae nous aideraient à relier les points.

Sally croisa fermement les bras. — Nous ne nous sommes jamais disputées pour quoi que ce soit avant lui, jamais, de toute notre vie. Je n'arrive toujours pas à croire qu'il ait fait ça.

— Sans vouloir être difficile, mesdames, est-ce que l'une de vous ou les deux avez quelque chose à voir avec ce qui est arrivé à Alvin ? demandai-je.

Rae recommença à sangloter. — C'était un accident !

— Pourquoi ne nous racontez-vous pas ce qui s'est passé ? demanda calmement Zoe, croisant mon regard et secouant lentement la tête comme si elle n'arrivait pas à croire à cette conversation. Vu que je n'y croyais pas non plus, je comprenais tout à fait.

Ni Sally ni Rae ne nous prêtaient attention. La seule chose qu'elles semblaient faire différemment était pleurer. Alors que Rae était plutôt dramatique, Sally était silencieuse, les larmes glissant silencieusement sur ses joues.

Bets leur tendit plus de mouchoirs. Rae se moucha et soupira, levant enfin les yeux. — Une fois que nous avons toutes les deux découvert ce qu'il faisait, nous étions d'abord en colère l'une contre l'autre. Nous n'avons pas parlé pendant plus d'une semaine. Ça m'a brisé le cœur. Finalement, nous avons décidé de parler et nous avons réalisé qu'aucune de nous ne savait ce qu'il faisait. Mais nous étions furieuses contre Alvin.

Sally hocha vigoureusement la tête. — Vous pouvez le croire ? Il nous trompait toutes les deux ? Comme si nous n'allions pas finir par nous en rendre compte !

Zoe, Bets et moi hochâmes collectivement la tête. — Bien sûr, je peux imaginer que vous étiez contrariées contre lui, ajouta Bets.

— Je veux dire, elle est l'autre moitié de moi, intervint Rae, les yeux à nouveau humides.

Sally s'émut et attrapa un mouchoir dans la boîte que Bets lui tendait.

Elles étaient toutes deux un spectacle à voir. Quand elles se furent ressaisies, je demandai : — Et ensuite, que s'est-il passé ?

— Nous n'avons jamais voulu lui faire de mal. Nous voulions juste l'embêter et lui rendre la vie difficile. Alors nous avons jeté un sort de trébuchement ensemble parce qu'il est déjà plutôt maladroit, expliqua Rae.

— Et pour être honnête, il n'était pas si génial au lit non plus, ajouta Sally.

J'ai failli recracher mon thé, tandis que Zoe manqua de s'étouffer avec un biscuit. Les yeux de Bets s'écarquillèrent comme des soucoupes, et elle se mordit la lèvre. Je pouvais voir qu'elle essayait aussi fort que possible de ne pas rire, mais un reniflement lui échappa quand même.

Rae poursuivit. — Donc voilà ce qui est arrivé. Le truc, c'est que quand nous jetons des sorts ensemble, ils sont deux fois plus puissants. Nous pensions que ce serait drôle. Nous imaginions qu'il se ridiculiserait.

— Nous ne nous attendions pas à ce qu'il essaie de rentrer à pied. Il aurait dû prendre un taxi, ajouta Sally.

Zoe les observa. — Il habitait à deux pâtés de maisons d'Enchanted Spirits. Pourquoi conduirait-il ou prendrait-il un taxi quand la marche n'était que de quelques minutes ?

Son commentaire déclencha une nouvelle série de sanglots de Rae. D'autres mouchoirs furent distribués, et Bets s'excusa pour aller chercher plus d'eau chaude pour le thé.

— D'accord, donc vous avez lancé un sort de trébuchement sur Alvin ce soir-là, et il semble qu'il soit tombé dans la fontaine et se soit noyé. Qu'avez-vous fait ensuite ? demandai-je.

Bets revint avec de l'eau chaude fraîche et remplit les tasses de thé.

— Eh bien, nous savions que votre famille serait au cœur de l'affaire parce que vous l'êtes toujours, dit Sally d'un ton accusateur. Les Wicked et les Good sont toujours à fouiner dans les affaires de tout le monde.

Je me calai dans mon fauteuil, réprimant l'envie de lever les yeux au ciel. — Je n'ai pas été en ville depuis trois ans, donc vous ne pouvez pas me blâmer pour ça. Bien que j'ose dire que plus de gens fouinent dans nos affaires que l'inverse.

— Et Daniel est le chef de la police, intervint Zoe. Pourquoi auriez-vous supposé qu'il ne dirigeait pas l'enquête ?

— Oh, je suis sûre qu'il le fait, mais ce n'est pas un sorcier, dit Sally avec un geste dédaigneux. Jacob Good, dit-elle en pointant dans ma direction comme si j'étais Jacob lui-même. Monsieur le Détecteur de Sorts. Nous avons pensé que la seule chose en notre faveur était que nous sommes jumelles. Alvin était mort, donc Jacob ne pouvait pas le toucher pour découvrir qui l'avait affecté.

Les jumelles étaient lancées à ce stade et dévoilaient toute l'histoire.

— C'est vrai, intervint Rae. Puis je me suis souvenue que vous avez ce médaillon fou que vous gardez sous clé. Nous avons donc pensé que nous doublerions à nouveau notre pouvoir. Nous savons que vous riez probablement de nous tout le temps parce que nous ne sommes pas très puissantes, mais nos pouvoirs ensemble sont beaucoup plus forts. Nous ne savions pas si nous pouvions y arriver, mais nous avons brûlé ce médaillon. Puis nous avons dépouillé les baguettes de leur magie et les avons détruites.

Ah. Cela expliquait facilement les baguettes.

— Je parie que vous l'avez déjà réparé, dit Sally avec un regard noir et un soupir exaspéré. Mais vous ne pourrez rien faire pour ces baguettes.

Oh là là. Elle avait participé à tuer accidentellement son amant infidèle, mais hé, ce qui importait vraiment c'était qu'elles s'étaient occupées des baguettes. Décidant de garder le silence sur ce point, je jetai un regard à Zoe puis revins aux jumelles. — Quoi qu'il en soit, le sort que vous avez jeté a fait tomber Alvin et il est mort. C'était juste un accident, mais je pense que vous devez aller parler à Daniel.

Rae éclata en larmes, tandis que Sally me fusillait du regard.

———

Plus tard ce soir-là, Zoe me suivit dans Enchanted Spirits. Après cette journée, nous *avions besoin* d'un verre. Il avait fallu une bonne heure de cajoleries pour persuader Sally et Rae qu'elles devaient parler à Daniel. Après leur accord, elles refusèrent de se lever de leurs chaises, affirmant que la plus coupable devait montrer le chemin. Elles portaient l'entêtement à de nouveaux sommets. Zoe avait finalement simplement appelé Daniel. Il était venu à la maison et les avait conduites au poste. Il était à bout de nerfs concernant ce qu'il fallait faire d'elles. Je veux dire, de quoi accusez-vous deux femmes bafouées lorsqu'elles jettent un sort plutôt bénin et finissent par causer la noyade de quelqu'un ? En fin de compte, elles n'avaient pas eu l'intention de tuer Alvin, mais c'est ce qui s'était produit.

Zoe et moi avons choisi un box dans le coin, commandé une bouteille de vin et des sandwichs au homard. Je me suis adossée avec un soupir et l'ai regardée.

— Eh bien, toute cette inquiétude et c'était un accident. Qui aurait cru qu'Alvin était si volage ?

Zoe rit doucement. — Je sais. Mon Dieu, il jouait sur les deux tableaux derrière le dos de sa femme.

— Je sais. C'est terrible ce qui s'est passé cependant. Pour le bien de sa femme, j'espère un peu que Daniel pourra trouver un moyen de garder secret ce qui se passait. À ton avis, de quoi va-t-il les accuser ?

Zoe leva les yeux au ciel. — Dieu seul le sait. Je n'en ai aucune idée. Quant à garder le secret, si sa femme veut connaître toute l'histoire sordide, il devra la lui raconter.

— Je suppose. Eh bien, peut-être qu'elle le savait déjà.

Zoe soupira et haussa les épaules. — Qui sait ?

Notre serveuse arriva avec notre bouteille de vin, et nous nous installâmes confortablement. Après quelques gorgées de vin, je la regardai. — J'ai donc décidé de rester.

— Vraiment ? dit Zoe, les yeux écarquillés et un sourire s'étirant sur son visage.

— Ouais. Ça m'a manqué d'être ici. Aussi fou que ce soit parfois, c'est bon d'être à la maison.

— Que penses-tu faire ? demanda-t-elle.

— Je pense que je vais faire savoir à Tante Lea que je serais heureuse de prendre en charge Persnickety Potions & Gifts. Je sais qu'elle adore ça, mais avec son cancer du sein en ce moment, je pense qu'elle a d'autres choses sur lesquelles se concentrer.

Zoe hocha lentement la tête. — C'est vrai. J'espère qu'elle va s'en sortir.

— Moi aussi. Tu la connais cependant, c'est une battante.

— C'est le moins qu'on puisse dire, répondit Zoe avec un sourire.

Nous levâmes nos verres pour porter un toast – à mon retour à la maison, à la résolution du mystère de ce qui est arrivé à Alvin, et à la santé de Tante Lea.

Zoe jeta à nouveau un coup d'œil vers la porte, ses yeux prenant un éclat. — N'y pense même pas, l'avertis-je, anticipant qu'elle était sur le point de me dire que Liam venait d'entrer.

— Eh bien, ça en dit long que tu saches pourquoi je souriais, répondit-elle avec un clin d'œil.

Je levai les yeux au ciel. — J'ai peut-être décidé de rester à Charm Cove, mais c'est tout pour l'instant. Je ne sais rien de la destinée.

ÉPILOGUE

Quelques semaines plus tard, j'ai levé les yeux lorsque deux femmes sont entrées dans Persnickety Potions & Gifts. C'était un samedi à la mi-mai, une période de pointe pour les clients. Le magasin était bondé et les jumelles étaient au cœur de l'action, s'occupant des clients et gérant l'affluence au comptoir.

Je devais les surveiller et m'assurer qu'elles ne faisaient pas de bêtises, mais j'étais bien renseignée sur le genre de malices qu'elles étaient susceptibles de créer. Les deux femmes se sont approchées du comptoir. Je les ai identifiées comme des touristes, probablement de Boston ou de New York, toutes deux élégamment vêtues de pantalons et de chemisiers.

L'une d'elles, avec ses cheveux noirs coupés au carré, a souri nerveusement.

— Nous sommes venues chercher un sortilège d'amour, a-t-elle dit, les joues rougissantes.

— Nous avons plusieurs sortilèges d'amour. Cherchez-vous quelque chose de spécifique ?

— Eh bien, nous travaillons à New York. Cette femme qui travaille dans l'immeuble voisin, Kristy, jure que son ex-fiancé est venu ici et a acheté un sort. Il pensait que c'était une blague. En tout cas, il a rompu avec elle à cause de ça. Maintenant, il est fou amoureux de la réceptionniste là-bas, a-t-elle expliqué.

La femme a donné un coup de coude à son amie dont les joues devenaient écarlates.

— Elle est la réceptionniste à son bureau et elle craque totalement pour son patron. J'ai donc pensé que nous devrions passer ici. Je veux dire, le Maine est un endroit tellement magnifique de toute façon, alors nous sommes venues en voiture pour le week-end.

— C'est ainsi que la vie devrait être, a proposé Delia avec un doux sourire en passant.

J'ai dû me mordre la langue si fort que j'étais pratiquement certaine d'y avoir laissé des traces de dérapage. Quelles étaient les chances que ce soit mon ancien patron dont elles parlaient ?

— Vous ne connaîtriez pas par hasard le nom de l'homme qui a acheté le sort ici ? ai-je demandé.

La femme aux cheveux bruns a parlé cette fois.

— Brian Ross. Il dirige une division d'investissement chez New York Investments.

J'ai lutté pour ne pas rire et j'ai presque réussi. Ainsi le sortilège d'amour avait fonctionné sur la réceptionniste de Brian. Je n'arrivais pas à y croire. Je devrais faire quelques recherches et appeler quelques amis à New York pour avoir des informations. C'était trop parfait si Brian, qui était un tel abruti arrogant, avait fini par tomber éperdument amoureux de la réceptionniste. Il n'y avait aucune garantie avec les sortilèges d'amour. Le bon côté, c'est que quand l'un d'eux fonctionnait, il rendait généralement la personne complètement idiote, alors espérons que Brian ne serait pas désagréable avec elle.

— Je pense avoir exactement ce qu'il vous faut, ai-je dit, en leur faisant signe de me suivre. Nous nous sommes faufilées entre les clients et les présentoirs. Le vrai médaillon n'avait pas été remis dans la vitrine. Après que Liam avait réparé la vitrine cassée, Jacob avait remplacé le médaillon par un faux. L'espoir était que quiconque s'y intéresserait ne penserait pas à chercher ailleurs.

Je me suis dirigée droit vers l'étagère remplie de diverses bouteilles de potions et de remèdes, prenant une bouteille de *L'Amour Trouvera Un Chemin* sur l'étagère. Il y avait une dizaine de sortilèges d'amour différents disponibles, mais celui-ci était le plus bénin. Je remerciais les étoiles d'avoir géré les potions ces dernières semaines, ce qui me permettait d'avoir confiance qu'aucune d'elles n'était trop puissante.

Elles étaient suffisamment faibles pour ne fonctionner que si d'autres éléments entraient en jeu. Les deux femmes ont acheté plusieurs flacons pour faire bonne mesure. Je leur ai souhaité bonne chance, croisant les doigts en leur faveur tandis qu'elles s'éloignaient précipitamment.

Au fil de la journée, avec les clients qui entraient et sortaient, je commençais à apprécier d'être ici, tout comme avant. Charm Cove avait son charme, sans jeu de mots. La famille et les amis étaient là, et c'était un énorme soulagement de ne plus avoir à désactiver mes pouvoirs et à ignorer une partie entière de moi-même, une partie centrale de moi-même.

Nous étions sur le point de fermer la boutique quand des étincelles, spécifiquement bleues et violettes, ont jailli du coin du magasin. J'ai su instantanément que Celia et Delia faisaient des farces. Malheureusement, nous avions encore beaucoup de clients présents.

Une femme âgée a regardé dans cette direction, les yeux écarquillés.

— Oh mon Dieu ! Qu'est-ce que c'était ? J'entends des choses folles à propos de véritables sorcières ici, a-t-elle dit à son amie à côté d'elle.

Sans un mot, je me suis glissée vers le coin où j'ai trouvé Celia et Delia qui gloussaient. Elles tenaient toutes deux des baguettes dans leurs mains. J'ai supposé qu'elles avaient donné aux baguettes plus qu'un peu de magie.

Je leur ai lancé un regard sévère et j'ai pris une autre baguette sur l'étagère.

— Juste un peu de paillettes, ai-je crié en arrachant les baguettes de leurs mains.

La femme âgée a regardé alors que je revenais vers l'avant. J'ai agité la baguette non magique en l'air et un petit jet de paillettes bleues en est sorti.

Pendant ce temps, Celia et Delia ont eu suffisamment de bon sens pour décamper et se séparer pour commencer à ranger le magasin avant la fermeture. Je dirigeais une boutique plus rigoureuse que tante Lea, ne serait-ce que parce que je connaissais exactement le niveau d'espièglerie dont les jumelles étaient capables. Quand Emma et moi travaillions ici durant notre adolescence, nous faisions constamment des bêtises.

De ce fait, j'étais attentive aux jumelles, et elles commençaient à s'en rendre compte. Elles s'inquiétaient aussi pour leur mère, alors je ne voulais pas leur enlever tout leur amusement. Tante Lea allait bien. Elle avait permis à ma mère et à Penelope de l'accompagner à ses derniers rendez-vous.

Emma est passée prendre les jumelles, et j'ai tourné l'écriteau sur la porte à *Fermé* avant d'allumer les lumières du soir. La clochette a tinté derrière moi alors que je fermais la porte à clé. Mettant mes clés dans ma poche, j'ai traversé la rue pour me promener autour de la place.

Si vous vous le demandez, Sally et Rae ont été inculpées de méfait criminel et d'homicide involontaire. Une accusation plutôt inhabituelle, mais tout à fait appropriée. Elles étaient libérées sous caution et le resteraient probablement. Elles n'étaient certainement pas un danger pour quiconque tant qu'elles ne s'impliquaient pas à nouveau dans une double liaison.

Avec tant de choses qui se passaient, ma famille m'avait laissée tranquille au sujet de Liam et de notre supposé destin. Cela ne voulait pas dire que rien ne s'était produit. En fait, je le rencontrais ce soir-là.

J'avais décidé de saisir le destin de mes propres mains, plutôt que de le laisser me malmener.

———

Si vous souhaitez être informé de mes nouvelles parutions et autres actualités, inscrivez-vous à ma newsletter : subscribepage.io/35IYqX

Pour plus d'espièglerie, de magie et de chaos à Charm Cove, tournez la page pour un aperçu de Hex Me Not !

EXTRAIT : HEX ME NOT

MOIRA WICKED

Avec l'automne qui soufflait sur le Maine, Charm Cove était noyée sous les couleurs, les feuilles des arbres formant un éclatant tableau de rouge, d'or, d'orange et de pourpre. L'automne était l'une des saisons les plus chargées pour Persnickety Potions & Gifts. Alors que je traversais le parc municipal un matin, savourant l'air vif, l'odeur de bois brûlé et les magnifiques couleurs, j'ai croisé Beatrice Powers. Comme d'habitude, elle fonçait à travers son parcours en ville, laissant le reste de son groupe de marche rapide loin derrière elle, les coudes volants et son allure bien au-delà du simple pas pressé.

Elle s'arrêta net en me voyant. — Moira Wicked. Comment allez-vous ? demanda-t-elle, ses yeux bruns pétillants et ses cheveux argentés coupés court scintillant sous le soleil matinal. Elle me faisait penser à un colibri, son énergie toujours vibrante même quand elle restait immobile.

—Je vais bien, Beatrice. Et vous ?

— Excellemment, excellemment. J'ai entendu dire que vous avez repris Persnickety Potions & Gifts. Est-ce vrai ?

— Eh bien, toute notre famille en est propriétaire, mais en ce moment, tante Lea a d'autres priorités, donc je m'occupe principalement de la gestion.

Principalement étant le mot-clé ici, étant donné que *toute* ma famille signifiait *beaucoup* de personnes, toutes assez heureuses de partager leur opinion sur la façon dont les choses devraient être gérées. Ma mère et ma tante Lea étaient les deux plus susceptibles de me donner des ordres sur ma façon de gérer la boutique, mais elles me donneraient des ordres qu'elles en aient l'autorité ou non. C'était un simple fait de ma vie. Je ne voyais cependant aucun intérêt à entrer dans les détails avec Beatrice à ce sujet.

Beatrice hocha rapidement la tête, une expression de préoccupation traversant son visage. — J'ai entendu parler de Lea. Dites-lui bonjour de ma part. Je l'ai encouragée à rejoindre mon groupe de marche. Je veux dire, ça ne peut qu'aider, n'est-ce pas ?

Je me mordis l'intérieur des joues pour ne pas rire. Essayer d'imaginer tante Lea faire de la marche rapide, c'était vraiment difficile à concevoir. Elle était certainement en bonne forme et l'avait toujours été, mais elle n'était pas vraiment du genre à faire de l'exercice en groupe. Elle préférait ses randonnées solitaires et ce genre de choses. Elle adorait aussi nager. Tout l'été, elle faisait des baignades matinales dans l'océan.

Je me contentai de sourire et de hocher la tête. — Vous savez, elle reste en forme. Je ne suis pas sûre que la marche rapide soit son truc, cependant.

Beatrice pinça les lèvres, posant une main sur sa hanche élancée. Il était difficile de croire qu'elle avait dépassé les quatre-vingt-dix ans. Je supposais qu'elle était une publicité vivante pour la marche rapide. — Très bien. Si vous souhaitez un jour nous rejoindre, vous êtes également la bienvenue. Je passerai à la boutique plus tard car j'ai besoin de quelques articles.

Sur ces mots, elle repartit en trombe, ses coudes se balançant tandis qu'elle se hâtait de rattraper son groupe. J'ai poursuivi mon chemin, m'arrêtant à Magic Beans. J'avais besoin d'un café avant de commencer ma journée à la boutique. Le commentaire de Beatrice à propos de tante Lea persistait dans mes pensées. Elle continuait à faire des allers-retours à Portland pour ses rendez-vous médicaux. Elle préférait ne pas trop en parler, mais elle insistait sur le fait qu'elle vaincrait le cancer du sein.

Les « observateurs de feuilles » étaient en nombre à l'intérieur de Magic Beans, l'un des cafés les plus populaires de Charm Cove. Les tables étaient bondées, et il y avait une file d'attente plutôt longue, atteignant presque la porte. « Observateurs de feuilles » était le surnom amical donné aux nombreux touristes qui venaient en Nouvelle-Angleterre spécifiquement pour voir les couleurs automnales. Une fois que les feuilles commençaient à changer de couleur, elles étaient spectaculaires et valaient bien le déplacement.

Avec Charm Cove situé sur une route côtière du Maine, les observateurs de feuilles la suivaient vers le nord pour admirer chaque pittoresque bourgade et profiter de la vue combinée des montagnes et de la mer. Nous étions juste au sud de la région de Bar Harbor et du célèbre parc d'Acadia. De nombreux touristes passaient quelques jours ici avant de s'y rendre.

Je pris ma place à la fin de la file, jetant un coup d'œil autour de moi pour repérer des visages familiers. Malgré ma résistance initiale à revenir vivre ici, maintenant que j'y étais, je me rappelais ce que j'aimais à ce sujet. Bien que j'aie apprécié mon séjour à New York, même quand je me faisais quelques amis et fréquentais des endroits familiers, les visages étaient toujours différents avec tant d'énergie en ébullition.

Ici à Charm Cove, même avec les observateurs de feuilles qui remplissaient Magic Beans, je voyais un mélange de visages familiers. J'inspirai l'odeur du café frais et des pâtisseries et jetai un coup d'œil à ma montre, me demandant si j'aurais assez de temps pour prendre mon café et ouvrir la boutique à l'heure. Ce serait juste, mais je pourrais probablement y arriver.

Je m'occupais de mes affaires dans la file lorsque quelqu'un chuchota mon nom derrière moi. En me retournant, je me retrouvai face à Opal Good. Comme Liam Good et moi nous fréquentions avec prudence en essayant de rester discrets, j'avais des rencontres fortuites avec divers membres de notre famille élargie, tous excités à notre sujet et constamment à l'affût d'informations. Je me préparai à entendre la même chose de la part de la tante de Liam, Opal.

Opal était vêtue de son habituel pantalon noir et de son chemisier blanc. Ses cheveux argentés étaient enroulés en chignon, traversé par un porte-cigarette ancien en argent. Grande et élancée, elle dut se pencher pour chuchoter à mon oreille. — Quelqu'un s'est introduit dans notre maison la nuit dernière et a volé plusieurs objets. Avez-vous eu des nouvelles de votre mère ce matin ?

OK, ce n'était *vraiment* pas la salutation à laquelle je m'attendais. Les yeux écarquillés, je la regardai et secouai la tête. — Non, je ne lui ai pas encore parlé. Pourquoi me demandez-vous ça ?

— Parce que je viens de raccrocher avec elle. Leur maison a également été cambriolée.

Oh bon sang. Il n'y avait rien d'ennuyeux à Charm Cove.

— Qu'est-ce qui a été volé ? demandai-je, gardant ma voix basse tandis que la file avançait lentement. Je sortis mon téléphone pour découvrir que j'avais trois appels manqués de ma mère. Elle avait dû appeler pendant que je conduisais, et je n'avais pas pris la peine de vérifier depuis.

Opal me fixa du regard, plissant ses yeux bleu perçant. — Des choses importantes, fut tout ce qu'elle offrit.

Bon sang. Elle me balançait cette nouvelle et voulait rester vague. Je jurai intérieurement. — Savez-vous ce qui a été volé chez mes parents ?

Opal secoua rapidement la tête. — Non, mais je sais qu'il s'agissait de choses importantes. Elle voulait que nous nous réunissions tous.

— Tous ?

Opal hocha la tête plutôt vigoureusement. — En plus de nous, quelqu'un s'est introduit dans le phare. Un Wicked ou un Good, comme vous le savez, a été propriétaire du phare depuis sa construction. En conséquence, c'est l'un des rares endroits où nous avons une histoire partagée, et des objets importants y sont entreposés. Nous avons un problème.

À ce moment-là, quelques nouveaux clients entrèrent dans le café derrière elle, et Opal changea immédiatement de sujet. — À quelle heure la boutique ouvre-t-elle aujourd'hui, ma chère ? J'avais l'intention d'y passer.

Jetant un regard de côté, je vis une paire de touristes derrière nous. — Dans quinze minutes. Voulez-vous simplement m'accompagner jusque là-bas ?

Opal hocha vigoureusement la tête à nouveau, se mettant à bavarder à propos du temps et des meilleurs endroits pour voir les feuilles. Après que nous ayons chacune pris notre café et que j'ai attrapé l'un de mes scones aux myrtilles préférés, Opal traversa le parc municipal avec moi.

Une fois que nous sommes entrées dans la boutique, j'ai rapidement jeté un coup d'œil autour de moi. Rien ne semblait anormal à l'avant du magasin, mais quand je suis allée à l'arrière, j'ai trouvé un désordre. Quelqu'un avait fouillé dans les étagères de stockage où nous gardions les potions, les articles cadeaux et plus encore. Des bouteilles étaient brisées sur le sol, et les choses partout étaient en désordre. Opal passa à travers le rideau de perles, sa bouche s'ouvrant un instant. — O-M-G, dit-elle.

Ouais, parfois Opal parlait en acronymes. Bizarre, je sais. Acronymes mis à part, Charm Cove avait un cambrioleur en liberté.

1-click. Hex Me Not

Si vous souhaitez être informé(e) de mes nouvelles publications et autres actualités, inscrivez-vous à ma newsletter : subscribepage.io/35IYqX

MES LIVRES

Merci d'avoir lu cette histoire ! J'espère que vous avez apprécié sa magie. Si c'est le cas, voici quelques façons d'aider d'autres lecteurs à découvrir mes livres.

1) Écrivez un avis !

2) Inscrivez-vous à ma newsletter pour recevoir des informations sur les nouvelles parutions : subscribepage.io/35IYqX

3) Aimez ma page Facebook à https://www.facebook.com/lucy mayauthor/

Série Wicked Good Mystery
Destiny's A Witch
Hex Me Not
Spells & Silver Bells
The Great Maple Caper
Oopsy Daisy
Siren Song Gone Wrong
Pumpkin Patch Murder
Série This Good Witch Mystery

Wish Upon A Witch
A Stormy Spell
A Stitch of Magic
Bee Charmed
Mystères Cozy Lemon Tea
Witch You Wouldn't Believe
A Spell to Tell
Witch is When it Gets Crazy

À PROPOS DE L'AUTEURE

Lucy May adore le café, les chiens, la cuisine et l'écriture. C'est une sudiste déplacée qui vit dans le Maine. Elle a appris à apprécier les quatre saisons, mais elle rêve encore des étés tranquilles du Sud. Elle aime penser qu'elle aurait pu être une sorcière dans une autre vie et croit toujours à la magie. Elle passe son temps à créer des histoires paranormales pleines d'humour, de sorcellerie et de sensualité.

Facebook

www.ingramcontent.com/pod-product-compliance
Lightning Source LLC
Chambersburg PA
CBHW071422300726
48976CB00004B/1206